简儿 著

浙江工商大学出版社—杭州

宋词里的日常之美

图书在版编目（CIP）数据

宋词里的日常之美 / 简儿著. -- 杭州：浙江工商
大学出版社，2025. 4. -- ISBN 978-7-5178-6499-8

Ⅰ．I207.23

中国国家版本馆 CIP 数据核字第 2025AS1018 号

宋词里的日常之美
SONGCI LI DE RICHANG ZHI MEI

简儿 著

出 品 人	郑英龙
策划编辑	沈 娴
责任编辑	刘 颖
责任校对	杨 戈
图片摄影	简 儿　郭建斌　吴卓平
封面设计	观止堂_未氓
责任印制	屈 皓
出版发行	浙江工商大学出版社
	（杭州市教工路 198 号　邮政编码 310012）
	（E-mail:zjgsupress@163.com）
	（网址:http://www.zjgsupress.com）
	电话:0571-88904980,88831806（传真）
排　　版	大千时代（杭州）文化传媒有限公司
印　　刷	浙江海虹彩色印务有限公司
开　　本	880 mm × 1230 mm　1/32
印　　张	9.75
字　　数	207千
版 印 次	2025年4月第1版　2025年4月第1次印刷
书　　号	ISBN 978-7-5178-6499-8
定　　价	88.00元

目录

辑一

春天的花与鸟

如梦令

曹组

门外绿阴千顷，两两黄鹂相应。

睡起不胜情，行到碧梧金井。

人静，人静，风弄一枝花影。

　　曹组这首词，把树荫、黄鹂、梧桐、花影写得唯美绝伦。被黄鹂声唤醒的"我"，静悄悄伫立着，欣赏着，一颗心滑落到旖旎的春天里。

　　春天的花，春天的鸟，春天的光阴，一切是那样美好，教人沉醉流连。

　　"风弄一枝花影"，这一枝花影，在我的窗前晃呀晃，轻轻地拨动了我的心弦。

〔宋〕佚名《海棠蛱蝶图》（故宫博物院藏）

春天的花与鸟

一场夜雨，小区楼底下的茶花比之前开得更艳丽了，隔壁一株白玉兰，长出了油绿色的叶子。这似乎是一夜之间发生的事。

春日迟迟春草绿，海棠开尽白玉香。

海棠花尚未开放，玉兰花已经快要谢尽了。去花树底下捡回几枚花瓣，皱巴巴的，似一块旧绸帕。把帕子握在手中，有暗香盈袖。

花朵、香气、微风、暖阳，无一不是春天的馈赠。一颗心像被雨水洗过，柔光滤过，充满了柔情与蜜意。

春天可不就是一个教人醺醺然，陶陶然，想要沉醉一番的季节么。

有时我走在马路上，看见一朵小花，便忍不住蹲下身子，与她低低絮语。想必她听懂了我的问候，轻轻摇曳着朝我点头。

有时，我走着走着，就走到一条岔路上去了。被一条幽深的小溪所吸引，忽至密林深处。

有时，我的目光长久地注视两只呼朋引伴的鸟儿，以至于热泪盈眶。

更多的时候，我只是一个人，坐在靠窗的一张天蓝色小沙发上，翻几页小说。

我喜欢这样安静、闲散、自在、淡泊的日子。

早上去蔬菜超市买菜，青团子上市了，有笋干咸菜馅和豆沙馅两种。豆沙馅上的一点胭脂红尤其可爱。想起早年在乡下，凡做青团、粑粑等粉食，祖母皆泡一碗红纸水，用筷子蘸了，点在刚出炉的粉食上。

粉食两个字，也忒可爱。粉食是所有糯米做的食物的总称。小时候我家专门辟出一小块田，种植糯米，去轧粉厂轧了白花花的粉，做青团、粑粑和汤圆吃。一户人家做粉食，左邻右舍的婶婶姨娘都来帮忙。屋子里水汽袅袅，妇人推搡嬉笑，小孩子在桌子底下钻来钻去，祖母在灶口烧火。那是很热闹的情景。三十年过去了依然不能忘记。

我的味蕾仍记得故乡的食物。每年春天，青团上市，总是忍不住买来尝鲜。买了八个青团，走在大街上，只觉春风浩荡，一颗心

也荡漾起来。

春天，一场接一场的花事，你方唱罢我登场，白玉兰落了，海棠花接着开。一个个迫不及待似的。风呼呼地吹，吹得树枝乱摇，沙沙作响，吹得花苞鼓胀，仿佛嘟着小嘴。

那个放风筝的孩子拽着风筝，跑了一圈又一圈，风筝跌下来，飞不上去。好不容易飞了上去，一路扶摇直上，愈来愈远，淡成一个小黑点。

那由小儿牵在手中，飞到天上去的小黑点似的风筝，亦足可令人喜悦。让人觉得光阴亘古，似可永恒。

风乱吹，花乱开。我在风里走了一遭。看见一株海棠树，满树花苞，犹如累累果实。似乎只要风再吹一口气，她们转瞬就会开放。这些花也和人一样，性子脾气各不相同：有的性急一些，风一吹，一下子"嘭"一声开了；有的则娇羞含蓄一些，任凭风千呼万唤，犹抱琵琶半遮面。

大风起兮云飞扬。云是墨色的，香樟树、槐树也是墨色的，一团一团翻滚。

林子里的鸟也鸣唱起来了。古人说"以鸟鸣春"。春分一过，鸟声此起彼伏。清晨五六点钟，我便被一阵鸟声唤醒了。

啾啾，啾啾。

吒——吒——

仿佛楼底下有人在吹口哨。

我居住的小区，毗邻湿地公园。这些鸣春的鸟儿，大抵来自湿地的林子里，灌木丛中，或是河边的柳树上。很少能看见它们的身

影，然而不经意间总是能听到它们婉转的歌声。

可是仔细去觅那声音，似乎又听不真切了。

白鹭倒是经常可以看见——有时悠闲地在水边踱步，有时振翅飞到天上，仿佛天空撒了白色的花瓣。

这些自在飞鸣的小鸟，实在令人心中充满了祥和喜悦。

花与鸟，是中国古典文人的情结，亦寄托他们无限的情怀。

几千年过去了，这情怀仍旧在。

办公桌上有一柄团扇，绘着花鸟图——一条溪涧，遍地野花，一只红嘴绿羽小鸟，左顾右盼，憨态可掬。这团扇是友人所赠，赠的时候是夏天，友人尚在南方，转眼到了春天，友人去了北方。

此去经年，应是良辰好景虚设——生命中的人与事，不知不觉就淡忘了。忘不掉的是那一束幽光与火焰，那时的花好月圆。

下午去新房子看装修。

花园里的一株树也开了花，一穗穗，羽毛状，我并不识得是什么花。瞅着有点像紫荆，又或许不是。这株树是此前房产公司栽的，除了这株不知名的花树，还栽了一株青桦、一株枇杷树。

这几天，工人们又抬了很多树木，分别栽到各家的花园里。我家栽了一株黄桦，隔壁是桂花。

还在装修呢，邻居倒是认识了一大拨。微信拉了群，讨论装修事宜。彼此有的是初相识的新鲜和热情。

隔壁女子叫凤莲，性格颇豪爽，此前好几次发给我团购促销信息，也发给我她家的装修设计图。今天才得以相见，却仿佛相熟很久了，两个人伫立在院子里絮絮说了许多话。

她家在底楼，非承重墙全都打掉了，前后花园贯通，说是要做一个大通间，餐厅靠北花园，客厅靠南花园，这样晨昏皆可赏花、观景。

我去看了他们的屋子，光线通透，十分敞亮。觉得设计新颖，问是哪个设计师，答曰自己设计的。

楼梯也拆掉了重新浇筑。因觉之前的过于陡峭，特地浇了平缓一些的。她腿脚关节不太好，凤莲的先生在一旁轻声地说。真是一个好好先生。

好好先生又说，小凤最大的欢喜就是拥有了这个花园啦。

是呀。凤莲一边笑着说，一边小女孩一样对我耳语：要在花园里栽几株花树。花开时节，有细碎的花朵、清幽的香气，梦境一样缥缈缠绵。

"东风三月烟花好。"周作人写过一首春天的诗。周说他是很爱春天的，他说印象深刻的是水与花木。可我记得他也写到了鸟。他写道："生活的美与悦乐之背景里都有水在，由水而生的草木次之，禽虫又次之。我非不喜禽虫，但他总离不了草木。"

老实说，我也十分爱春天呢，因了春天的花与鸟。

小区楼底下的两株白玉兰，一株一树油绿的叶子，一株尚且开着残花（虽是开败了，仍白且耀眼）。坐在十二楼的落地窗前，看那两株玉兰树。从早春到暮春，似乎只是一场花事，春天转眼就过去了。

朋友说，青春也很快就过去了。

朋友还年轻，未到三十。如今看二十八九岁的人，想想真年轻啊，年轻得掐得出水来。想起二十九岁那一年，和闺密去饭店吃了一顿，庆祝年纪还是二字开头。一眨眼十年过去了。

生命就是这样，一年一年老去。无可抗拒。老了未必全是坏处，沉稳了镇静了，不再那么毛毛躁躁、莽莽撞撞了。

懂得了"得半日之闲，可抵十年尘梦"的意味。瓦屋纸窗之下，喝一壶茶，读一本书，看一场花，不必着急呢，好日子是用来慢慢度过的——一天一天，一月一月，一年一年，每一个平凡的日子，用心地过，认真地活，用力地爱，多好啊。

年少时痴狂，到了中年，痴狂劲儿忽然没有了。内心圆融丰满，似有了岁月的包浆。岁月打磨一个人，就像一件器物。渐渐地风烟

俱静，人书俱老，花好月圆，与君相悦。

好辰光就是此时、此刻，静静地观一朵云，看一朵花。

那两株白玉兰，起先只是擎着花苞，淡青色，犹如攥紧的小拳头，又如一窝鸽子蛋。仅仅隔了一夜，就孵出了一群小白鸽，呼啦啦扇动着翅膀。

满树繁花压枝低。玉兰的花瓣，阔且肥大，风一吹，簌簌落到地上，小船儿一样。捡拾起一瓣，它蜷缩着花边，闻之有暗香。藏在袖子里，便应了一句词：有暗香盈袖。

我喜欢玉兰的香，素净、淡雅，若有似无。大自然才是最好的香水酿造师。这一款玉兰花香水，比起迪奥、香奈儿，芬香更沁人呢。

实则别的玉兰早就谢了，长出一树油绿色的叶子，一日肥似一日。只有这两株白玉兰，栽在北窗旁，因此开得格外晚。

阴天无事，在窗前翻书，累了抬头看花。看两株玉兰，一株绿，一株白，绿的油光闪闪，白的一树莹白。风一吹，怕那莹白要落了。春天也将要落幕了。

零落成泥碾作尘，只有香如故。

旧枝上的花朵，已经不是去年那一朵。明年，这一株树上长出的叶子，也不是去年的那一枚。就像你明天遇见的那一个女子，已不再是昨日深爱的那一个。

一年一年，玉兰花闹哄哄地开着，热闹且欢愉的人世啊。

玉兰我只爱白玉兰，红玉兰觉得忒俗忒艳。然而马路上、隔离带栽的大多是红玉兰。还有红花夹竹桃，都是炽烈的花朵，明晃晃喜滋滋。

还有日本晚樱、垂丝海棠，这是晚春的花了。花朵繁茂，绵密，仿佛一个人绵绵不绝的情意。

新房子的花园里栽了两株紫荆花，紫荆的名字，真是取得恰如其分啊。光秃秃的荆条上，一嘟噜一嘟噜的紫花簇作一堆，像一群

悄悄在耳语的女孩。

春天，风乱吹，花乱开，又朴素又美丽。还有桃花、梨花、李花……一夜雨疏风骤，花瓣落了一地，寂寂的粉与白，有着惊天动地的美。

早上乌云密布，中午太阳出来了。春天的太阳比冬天的暖且亮，仿佛要把周遭的世界照亮似的。吹面不寒杨柳风。人也脱掉了厚厚的棉衣，换上薄薄的春衫，走在暖融融的风中，一颗心也暖融融的。

春夜喜雨，野渡无人，有一种无言寂静的美。

日常琐碎，烟火迷人。买一把韭菜，炒一只乡下的土鸡蛋。一把农家春笋，裹了新泥，剥去笋衣，切成丝，和雪菜、肉丝炒一炒。或做一道油焖笋，点一些日本酱油，加一块老冰糖。再凉拌一盘马兰头，撒一点细碎的香干。

春天的食物，食之皆有一股清气。天地间的清气，汇聚在蔬菜上，难怪叫青蔬。人在春天，实在应当多吃一点青蔬。

买了一篮枇杷回家，孩子她爸说，以前卖了春蚕，枇杷上市，有塘栖人挑着担子卖枇杷，白沙，贼甜。孩子爷爷会买一筐枇杷，于是一家人欢欣雀跃。那么穷的年代，过日子还是很有仪式感。

现在，一年四季吃得到枇杷。不只是枇杷，还有西瓜、草莓、香瓜。在"本来生活"上买到两只绿泥瓜，有着童年我家瓜地里的香气。

把那一只绿泥瓜切成块，翡翠似的，装在白瓷盘子里。用一柄不锈钢小叉子，一块块送进嘴里。

煲了一锅老鸭汤，放了枸杞和笋干。红红的枸杞浮在汤上，格外有一种艳。

油麦菜、西班牙生菜、贝贝南瓜，都是绿色无公害蔬菜。一只

贝贝南瓜三十块，买得肉疼，吃起来又香又糯，像板栗一样。

　　早上路过邮局，看见一只绿色的邮筒，伫立在马路上。仿佛回到二十多年前故乡的小镇上，那个穿白衬衣黑裙子的女孩子，穿过香樟树的浓荫，去邮局寄信。

　　那一捆泛黄的信，还在姆妈家的阁楼里。只是昨日的少女，已经很多年不曾写一封信了。岁月之河，亦是再也无法泅渡回去了。

　　春天什么树最早绿？只有南方的人晓得，柳树最先发芽。烟雨蒙蒙的江南，小河堤上的柳树垂下万千的枝条，在风中轻轻飘荡着，像挂了一块淡绿色的帘子。人走到河堤上，揭开帘子，走进了春天的画卷里。

画里画外，皆是春天了。

吴山白，越水绿，一枝桃花从人家院子里斜斜横过来，是春天最抒情的一笔。

红配绿，多么艳俗，然而大俗即大雅，况且衬着白墙黑瓦——我总觉得山寺桃花太过孤高清幽，倒不如栽在人家院子里的桃花，闹哄哄喜滋滋，村姑一样的清丽与姣好。可是并不自知呢。

晨起揽镜自照，发现镜中人鬓角一丛白发，甚是触目惊心，起先还用力地拔，可是怎么也拔不尽了，只好由着它触目惊心地白……青衫尽湿，时光惊雪，这也是春天啊。

如梦令

李清照

昨夜雨疏风骤，浓睡不消残酒。

试问卷帘人，却道海棠依旧。

知否？知否？

应是绿肥红瘦。

　　昨夜的雨下得稀疏，风却狂吹不止。那个卷帘的人，却说海棠花仍和昨天一样。怎么会一样呢？已经晚春了呀，这个时节，应是绿叶繁茂，红花凋落了呀。

　　晚春的花，已经开到尾声了。玉兰、海棠、晚樱，皆纷纷扬扬地凋落了。

　　"零落成泥碾作尘，只有香如故。"

　　那个看花的人，走走停停逛逛，拈花闻香，无端欢喜。

〔宋〕佚名《花卉四段图》（局部·折枝海棠）（故宫博物院藏）

晚春的花

办公室楼底下有一株日本晚樱，开了一树花，云蒸霞蔚，简直像炸弹炸出的一团蘑菇云。伫立在花树底下，抬头仰望，大团大团的花朵，粉白粉红，美到让人失语。

这是晚春的花，已经将要开到尾声了，才会这样倾宇宙之力，怒放自己的生命。

春天的花事纷繁，玉兰、海棠、樱花……你方唱罢我登场。人走在闹哄哄的花树底下，倒衬出了一丝贞静。

可是哪里会贞静呢？一颗心微微荡漾着，像一池春水，扔进了一颗小石子——想着远山远水、远方的人……想着明瓷一样美好的人世。

人在巨大的美景面前，会患上失语症，仿佛被震惊到了，一句话也说不出来。伫立在樱花树下的我，竟说不出只言片语，只是举起手机拍了几帧照。可是手机哪里能拍得出樱花十分之一的美呢？总觉得哪一帧都太俗，太艳。

犹如一个美人，绯红的脸颊，顾盼的神韵，一张定格的照片，又哪里能拍出来呢?

　　伫立得久了,腿脚微微发麻。人老珠黄,是从腿脚、腰开始。从前站一天也不觉得累。现在站一会儿就累了,小腿酸胀,脚底发麻,恨不得有人用力揉一揉才好。

　　有时下了班直奔足浴店,洗个脚,按个摩,觉得真享受啊。足浴师说这脚底的茧子真厚。可不是吗,每天奔波忙碌,小半生过去了,走了那么多路,爬了那么多山。这一双脚,最是亏待不得。

　　最爱惜一双脚。舍不得它受半点委屈,买鞋的时候总是买大一码,穿上去走路踢踢踏踏,可是舒服。一双鞋,好不好看是其次,舒服最重要。

　　爱惜的还有旧物，一只白瓷杯，一个粗陶花瓶，宝贝一样收藏着。用白瓷杯沏茶、泡蜂蜜水，有旧光阴的味道。那一只粗陶花瓶，淡黄色，古朴稚拙，用来插一枝春天的海棠或芍药。

　　昨夜下了一场雨，办公室楼底下的那株日本晚樱，花落了一地。早上经过的时候，看见阿姨拿着一柄扫帚在扫。一片片花瓣，萎谢飘落，粘在地上，扫也扫不掉。

　　对于诗人而言，这一地落花，可以写出经典永流传的诗句：落红不是无情物，化作春泥更护花。

　　而诗人咏叹的"落花""流水"，只会让扫地阿姨徒增烦恼。

　　人终是要归于现实。花不能当饭吃。然而有一个春夜，我在小区园子里的一株垂丝海棠底下伫立了良久。风吹浮世，只觉那幽香，是那么亘古、悠远，轻轻地钻进鼻子，又漫过五脏六腑，令人心中一片安宁。

已经很久没有这样的安宁了。我居住的小区，东南西北皆矗立起高楼，压得人喘不过气来。白日车水马龙，到了夜里，大楼上的灯带、广告交织闪烁，一片灯火璀璨，仿佛一座不夜城。

于春夜一个人伫立在海棠树下，仿佛回到亘古悠久的时光里。一颗躁动的心，暂且获得了片刻的寂静与安宁。

人群与喧哗，都不是我所喜欢的。我喜欢的，是草木与自然，是吹过旷野的一阵又一阵的风，从粉红转作浅紫的火烧云，是亘古的落日，不灭的繁星。我喜欢的，是旧光阴，从前慢的日子。

晚春了，花园里绿肥红瘦。李清照的这四个字真贴切啊，绿意一日浓似一日，花却渐渐熄灭了火焰。经过那一株不知名的花树，萎谢的花朵仍挂在枝上，像一粒粒黑色的果核。

花无百日红，落了便也落了，无声无息，归于尘土，好似从未盛开过。

带爸妈去逛月河。

爸说，这不是中街么，还有个小猪行（从前爸在这里卖过小猪）。现在，中街改名叫中基路，小猪行改名叫小猪廊下。那河，那桥，那波光、月影，仍在。

老房子大多修缮过了。沿街是商铺，玉器店、古玩店、陶瓷店、奶茶店、糕饼店。吹陶笛的女孩子，坐在店门前一只高脚凳子上，吹奏一支婉转清丽的曲子。爸说，这店铺簇簇新的，多好啊。

爸和妈伫立在小河边。夕阳下的波光，柔柔的，暖暖的，爸和妈伫立的背影也暖融融的。一簇迎春花开得格外鲜艳、热闹，亦是一生中最好的时光。

我说爸妈，我给你们拍个照吧。爸和妈齐齐转过身来，并排坐在栏杆上。妈穿着大红色毛衣开衫，喜滋滋、笑盈盈的。爸两只手放在膝盖上，神情羞涩如少年。

手机有个功能，一张照片往下拉，会出现人物头像，很像是杂志的封面人物。

　　之前去爸妈的新居拍过一帧照片。爸坐在餐桌旁，对着一桌饭菜，手里拿着筷子。妈给爸盛饭，用一只白底金边红花小碗。一个递一个接，两个人配合默契，脉脉含情。

　　我从前总觉得爸脾气坏，对妈不太好。看了这两帧照片才知，其实爸和妈极恩爱。这两帧照片，温暖、朴素、家常，有着中国民间夫妇间最赤诚最动人的情与爱。

　　妈比爸大了两岁。爸当年嫌弃妈年纪大，从奶奶橱里偷了妈的生辰八字，想要退回这一门亲事。半路上被奶奶追了回来，奶奶气得抹眼泪，这么好的姑娘啊。你这个逆子，要是敢退了这门亲，看我不打死你。

爸不敢当逆子，于是娶了妈。

自从爸娶了妈，我家的日子就蒸蒸日上。爸起先做饲料生意，后来养猪，办预制板厂，开小作坊。两间瓦屋变成了楼房，后来又造了别墅，在城里买了房。

我小时候，妈每天提个杭州篮上街买菜，一块肉，一条鱼，几个苹果。村子里的女人纷纷艳羡，爱芳你好福气哇。相面的人也说妈团团脸，有旺夫相。

如今爸和妈住到城里。两个人都在小区物业上班，妈在自己住的小区当保洁阿姨，爸在对面的拆迁小区当保安。

爸说，待在乡下太无聊了，家家户户关门大吉（都出去打工了），还是城里热闹。爸的保安室每天有一拨喝茶的老人，自己带了水杯、茶叶。爸烧几大壶开水，保安室兼当了茶室。

有个八十岁的老大爷，特别喜欢爸，叫他小吕。别的人大多喊他老吕、吕师傅。有时楼道的灯坏了，爸就去帮忙换灯泡；有时看见上了年纪的老人，拎了大米和油，爸就帮忙给扛上楼。

爸有时腿疾发作，走不动路，在保安室喝茶的人会说，老吕，好好歇着吧，我替你去巡逻。

有一次，我去爸的保安室，一屋子老人。我说我爸呢，一个大伯笑嘻嘻地问，谁是你爸？

老吕。

哦，你是老吕的女儿啊。大伯热情地说，他出去巡逻了。你坐一歇。

大伯又笑嘻嘻地问，今天给你爸带啥了？

爸说，有一次我给他带饭，带了一只螃蟹。结果一屋子大爷大伯打趣他，老吕哟，这一顿饭抵你一天工资了。

爸说，下次千万不能给我带螃蟹了。我呀，吃个炒青菜就好。

我让爸来家里吃饭，爸多半不听。妈也是，两个人固执极了。他俩偏要每天带饭，说是走来走去麻烦，况且这样不耽误工作。

年纪大了，又退回去变作了小孩。有时，我觉得爸和妈简直像小孩子一样固执。有的事情和他们讲不通。譬如出去旅游，爸就坚决拒绝。爸说，我去千亩荡逛一圈就行了，出去旅游不是花冤枉钱吗？

就是去逛月河，爸起先也不愿意。我说，爸，月河不要门票。爸这才去了。逛了一圈回来，爸说，嘉兴变化可真大呀，什么时候我歇班，沿着南湖去绕一圈。

爸说，那天你舅舅来保安室坐了半天，想邀请他去新房子看看的，可是我上着班哪，你妈又放假回乡下去了。你舅舅坐到傍晚才回去，也没请他吃个饭，真不好意思。下次你请一顿。

我说好，让舅舅来我家新房子认认门。

爸说，这才像话嘛。

爸有时觉得我不像话。乡下的习俗，我一样不遵照。一年难得回几趟乡下，众亲戚往来生疏。爸嘴上不说，心里对我是颇有微词的。

妈替我辩解，你女儿忙得四脚朝天，白天要上班，晚上要写书，哪有时间？

爸嘀咕，谁不忙？要是心里想着，自然可以抽出时间来的。

妈说，你这老头真拎不清，孩子十六岁离家念书，结婚成家生娃，哪件事情让我们操过心，你吹毛求疵个啥？

　　爸不管，但凡什么事情他不满意，想吹胡子瞪眼睛的时候，仍旧吹胡子瞪眼睛。

　　我有时觉得自己大概从未让爸满意过。

　　只是有一天，我下班回家，爸坐在沙发上，摩挲着一堆书。爸说，阿囡，这是你写的书哇。

　　是啊，我点点头。爸的这一声阿囡，叫得我泪珠滚滚。

　　爸说，真高级，还用塑料纸包着呀。

　　爸不知道，书店的书，都用塑料纸包着。我拆了一本，指着其中一篇说，喏，写的是你和妈的事。

爸搓着手，有点不好意思，我和你妈有啥好写的。

爸亦不知，装修新房子，他和妈住在我家时，我专门写了一本关于故乡的书。这一本书，写的是风物蔬食，亦是挚爱亲人、山河故土。

我请远在英国的朋友三水画插图，等插图出来，这本书也即将出版。

爸骄傲地说，我们家出了一个文化人。其实我哪里有什么文化，我只是记录光阴里的人与事罢了。

一刹那九百生灭。我愿做光阴的记录者，一点一点采撷、书写光阴里的故事，爱的欢喜。

辑二　乡下日月长

阮郎归·初夏

苏轼

绿槐高柳咽新蝉，薰风初入弦。
碧纱窗下水沉烟，棋声惊昼眠。

微雨过，小荷翻。榴花开欲然。
玉盆纤手弄清泉。琼珠碎却圆。

　　这首词犹如一幅卷轴，缓缓打开了夏日的图景：高大的槐树上，蝉鸣乍歇。绿纱窗下，香炉燃起袅袅轻烟。微风把荷叶翻过来又翻过去。石榴花开得粲然，红似火焰。

　　哈，是我所爱的夏天了呀。

　　浅夏、立夏、炎夏，绿意幽沉，似一匹绿缎子，滑落到不可知的岁月里去。

　　人也一步步地向光阴深处走去。

（传）〔宋〕林椿《榴花小禽图》（东京国立博物馆藏）

浅夏

晚春一过，天一暖，日子便入了浅夏。

草木似乎一夜之间从春到夏，中间一点过渡也无。海棠、芍药、樱花谢了，开的时候盛装出场，争奇斗艳，转眼繁华落尽，熄灭了余火，一场盛大的花事就此落幕。

绿肥红瘦。花已落了，叶子繁茂生长，天地间流淌着一匹绿锦缎，深深浅浅，浓浓淡淡，层层叠叠，滑落到不可知的岁月里去。

鸟雀的鸣唱，一声长一声短，昼夜不歇。

中午打了个盹，悠悠醒转过来，仍犹如在梦中，一时竟不知身在何处。想起小时候的夏天，于廊檐下的一张小竹榻上，睡了个午觉，睡眼惺忪之际，闻到桐花的香气。

桐花万里路，连朝语不息。

这意境是亘古、悠远的，历经了千年仍缭绕在心上。

我住的小区楼下并无桐花。只有八株香樟，犹如飘来的八朵绿云。细密洁白的花朵，从枝头冒出来，点缀在绿叶间。夜里，一个人独自从香樟树下走过，闻到一阵淡淡的香气，忍不住使劲吸了吸鼻子，

真香啊。

香樟的香，清冽、散淡、柔和、悠远，那若有似无的香气，一点一点氤氲在你身上、心上，令一颗心也温柔安宁起来——苍茫浮世，有什么放不下，舍不得的。如果可以在这香樟树下静静地伫立一会儿，发一会儿呆，那些烦恼肯定就烟消云散了吧。

夜里有个跑步的人，绕着八株香樟树，一圈一圈跑着。八株树静默无言，跑步的人动如脱兔，一动一静，恰到好处。香樟树的静气，衬得人愈发生气蓬勃，那个跑步的人，仿佛在身体里安装了一个永动机，一圈一圈，无休无止。

浅夏再往前走一走，就是立夏了。春天从波澜壮阔的海洋中一点一点退去，夏天的岛屿浮起来了，不再一味纵情恣意、花团锦簇，有了沉稳和贞静。

立夏的立，是建立、开始的意思，夏，是大的意思，万物至此已经长大，由此得名立夏。犹如一个人，到了而立之年，亦是一生中最好的时光。

油菜花结了荚。那一片天地为之目眩的鹅黄，忽而落尽，渐渐转作青碧——饱满的籽实，压得油菜秆倒伏一片。几十年过去了，那一片故乡的油菜田，仍痴缠在梦境里。梦里不知身是客，那个在油菜田里捉迷藏的小女孩，芳华已逝。

急景凋年，人生的列车，行驶得一年比一年快，简直马不停蹄。昨日还是繁花似锦，今宵已是霜冷长河。

我们再也回不到从前，回不到悠长如永生的童年，回不到梦境中的青青田畈、油菜花田。

小时候初夏时节，大人用镰刀割油菜，一捆捆背回家，晒在稻谷场上，揉出黑色的籽，晒在竹匾里——哗哗哗倾倒下来，犹如黑色的瀑布。

油菜可以榨菜籽油。菜籽油用来烧鱼，可去腥气。我们家至今仍用菜籽油烧鱼，一桶菜籽油，千辛万苦托人从乡下的油坊里觅来，宝贝似地藏在柜子里。

立夏时节，蚕豆也结荚了。蚕豆是春香奶奶种在田埂上的。小时候炊野米饭，一拨人在野地上垒了灶，另一拨人去田埂上偷蚕豆，当即把蚕豆剥了，倒进锅里，和莴苣笋、咸肉炒一炒，再倒入米和水。灶膛里的树枝哗哗剥剥，野地里浓烟滚滚，一村子的人都闻得到野米饭的香气。

春香奶奶晓得这群"小蚰贼"又偷豆子了，可是并没有跳着脚骂，甚至和光棍汉福贵一起端了碗，笑嘻嘻地向"小贼"们讨一口野米饭吃。吃了野米饭，可以护佑人平安、健康，这几百年沿袭下来的习俗，村人笃信不移。

蚕豆老了，就剥豆瓣吃。女孩子爱美，把剥下来的淡青色的豆壳套在手指尖，犹如慈禧太后的玉指甲。豆瓣炒雪菜，是吴地的一道时令菜。

立夏，想吃一碗豆瓣饭。去蔬菜超市买了蚕豆，一粒粒剥掉壳。把锅烧热，放入豆瓣、笋干、金华火腿片，炒一炒，再倒入电饭煲，放糯米和水。一锅糯米豆瓣饭，吃起来瓷实、香糯，有植物的清香，是自然的本味。

立夏还要吃咸鸭蛋。把鸭蛋在泥巴和盐里滚一滚，放在瓮里，

搁上半个月，打开瓮，取出几个，洗净，放在饭上蒸一蒸。敲碎一头，用勺子挖，挖到一勺油汪汪亮晶晶的咸鸭蛋黄——那滋味一生一世也忘不了。

　　每年春天，母亲仍会灰（方言，腌）上一瓮咸鸭蛋。春天的黄昏，母亲搬一只小板凳，坐在廊檐下灰咸鸭蛋，天色渐渐暗下来，母亲微胖的身影，融在温柔的夜色里。

　　立夏那天，母亲挎着一只杭州篮来城里。母亲说，吃了咸鸭蛋，气力长一万。母亲笃信这些乡下的谚语、习俗，她总是端坐在餐桌旁，看着我把一只咸鸭蛋吃下去。仿佛吃了咸鸭蛋，就能庇佑她的孩子一年平安、健康。

　　母亲说，你阿哥姆妈得了老年痴呆症。去建良家，把八仙桌上的一盘虾偷偷吃掉了。阿哥姆妈从前多矜持的人，就是送她吃也不

会吃一个的。母亲叹了口气。

春去夏来，一生多么迅疾。六十七岁的母亲，脸上长出了斑点，显出老态来了。母亲每周往返于城市与乡下，她是一根纽带，把我和故乡连接在一起。

山河岁月，故土旧人，风物蔬食，挚爱亲情，最是难以忘怀。

母亲的爱，就在挎在她胳膊肘的那一只古朴的杭州篮里，在那一篮子的青蔬和咸鸭蛋上。

夏天

1

　　夏天到了，第一朵栀子、第一朵百合开了。

　　夏天的花，素净、淡雅，譬如栀子、百合、六月雪，褪去了人世繁华，有一点超凡，有一点脱俗，也许是天气炎热，过于绚烂嘈杂的色彩容易令人心烦意乱，所以花朵才一律选择了素淡的颜色。

　　夏天的清晨，清新美好，令人生出欢愉之心。空气中有一股好闻的味儿，有点像青草味儿，有点像黄瓜味儿。菜园子里，瓜棚架上挂满了果实，长的黄瓜，青的番茄，紫的茄子，还有贝贝南瓜、伊丽莎白（香瓜），今年的南瓜结得格外多，一个个小拳头般大，卧在草丛里。我爸采了一篮子南瓜拎到城里。那一篮子贝贝南瓜，有着人世的暖意，令我觉得亲切可爱。

　　令我觉得亲切可爱的，还有夏日从青龙湾上吹来的一缕风、一片浮云、一亩瓜田、一个永远的童年。

　　前天傍晚驱车回乡下，给爸妈送一箱荔枝。现在的物流发达，

　　荔枝从枝头摘下，当日就能送到家里。剥开，指尖流淌着蜜一般的汁水，吃起来又甜又糯。

　　驱车二十分钟，荔枝抵达乡下。爸和妈坐在廊檐底下翘首以盼，昏暗的天光中，我差点以为是祖父与祖母。我十六岁去外地念书，每次回家，祖父祖母必定在廊檐下等着我。爸和妈如今已到了当年祖父、祖母的年纪，盼着归家的儿女、孙儿孙女。

　　也不仅仅是送荔枝，还为了商量爸脊柱开刀的事。爸的腰疼犯了一年多，起先以为是痛风所致。今年约了一个上海专家，把痛风控制住了。发现腰仍旧酸疼，走不了路，这才去医院拍了片。医生说是腰椎滑脱。除了手术，并没有别的法子。爸胆小，纠结开与不开，我们为他打气。开个刀住一个星期院，再休息两三个月即好，不然常年疼痛也吃不消。爸点点头，老了，想要开刀也开不了。

遂约了医生，周末去住院，下周二开刀。爸年纪大了，像个小孩子。那天从医院拍片回来，说是胃痛。我知是他忧虑恐惧的缘故，给他两片铝碳酸镁（一种常用于中和胃酸的药物），告诉他吃下去就不痛了。爸很听话地接过药，嚼碎，吃了下去。隔了两分钟，爸说，好像不那么疼了。后来回到家，一点也不疼了。真是神药，爸说。其实哪来的神药，不过是心理作用罢了。

我们这一趟赶回去，说是送荔枝，其实不过是为了安抚他的心。

小姨也开过腰椎的刀。打电话给爸鼓气。小姨说，开刀那天说一声，我们来。爸搓着手说，不用来，不用来。

爸说，人老了，像一台用旧了的机器，哪儿哪儿都出毛病了。爸说，年轻时重活做多了，挑两百斤的担子，恐怕是那个时候把腰压坏了。

年轻时拿命换钱，现在拿钱换命。

人生本来如此，没有什么好抱怨。年轻时拼了命想多赚一点钱，养活一家子，过上好日子。那些吃过的苦受过的罪蛰伏在身体里，到老了，恣意横行。

我们的身体是一个容器，装着爱欲恐惧。

人到中年，心中不是不惶然的。父母日渐老去，身体心理需要照顾呵护；孩子正值青春期，情绪风云变幻，有时意气风发，有时敏感多愁，需要十足的耐心沟通、陪伴。几乎匀不出时间，有时一天忙碌下来困倦疲惫至极，靠在沙发上看一会儿书就会沉沉睡去。

然而打了一个盹醒来，继续做生活的斗士。

2

早上轮到值日，D 岗，这个岗最舒服，楼上楼下逛一圈就可以了。

逛到底楼的花园，看见一株树，树干笔直，似白桦树，叶子椭圆、宽大，不甚高，然而足以遮蔽烈日，洒下一片浓荫。这是一株什么树，我并不识得，然而有一种见到了老朋友的欣喜。这株树，伫立在我值日必经的路上，等待着有一天与我相遇。

底楼花园里，还栽了几株桃树。春天的时候开了一树粉白粉红的花，从楼上望下去，还以为是海棠。

这时候，凑近一看，枝叶间挂满了毛桃，淡青色，布满细细的绒毛。想起"桃李芬芳"四个字，我教书育人二十载，教过的孩子有几千个，亦可谓桃李满天下。

开学初遇见一个女孩子，怯怯地唤我老师。原来是从乡下学校来交流的老师。我已经不认得她。女孩子说，她五年级时我当过她的班主任。这一拨孩子，是我任教第一、第二年时教过的。我记得那个班的班长叫雅琴，遂问她雅琴在做什么。女孩子说，考上了公务员，在某街道上班。女孩子笑嘻嘻地说，那天与同学们谈起您，说您那时还是个小姑娘。现在仍旧是。

怎么会？老太太喽。比起二十来岁的女孩子，可不是老太太了么，然而仍有一颗粉红色的少女心，作痴心状，仍喜欢听甜言蜜语。

六一那天，班上一个调皮的男孩说，Miss lv，我猜你二十岁。

其实吕老师三十岁。不知这二年级的男孩，是真的辨认不出来，还是拍我马屁。

　　私底下，并不觉得自己有多老。然而老一点一点到来了。老是从头顶上的一丛白头发开始的。起先只有一两根，渐渐十几二十根，如今变作了一丛。那一丛白头发，白得晃眼，令人胆战心惊，惊的是时光的残忍无情。

　　时光真是残忍，把人一步步驱至荒芜苍凉之境。转眼就是急景凋年。

　　转眼，半年又过去了，半生亦已过去了。

　　每日疲惫地奔波、忙碌，陀螺一样旋转，简直没有停下来的一刻。有时停下来，翻几页书，有一种窃了光阴的欢喜，继而是惶恐惘然。这一年，总觉心力交瘁，琐事缠身，万事荒芜。

　　只有每次坐在桌前，习惯性地打开电脑，敲几行字，内心才会觉得踏实妥帖。

　　若是好几日不写作，一颗心难免空虚失落。

　　写作是紧箍咒，一旦套上了就再也取不下来。写作是抒发排解，也是疗愈。人一旦找到一个出口，精神上就会放松，得到疏导。这么多年，一直支撑着自己快乐生活、乐观向上的正是写作这件事。但凡遇到不开心不愉快的事，只要抱着电脑去咖啡馆，安静地坐一会儿，敲几行字，那些烦恼和忧愁顿时就烟消云散了。

　　譬如今日写到那一株不知名的树，还有几株挂了青果的桃树，令人觉得夏天美好，人世欢愉。

3

从乡下驱车回来，车灯照到一只刺猬。圆滚滚肉球似的一只，不紧不慢地从汽车的光晕里穿过去。

我们的车子等着它到马路对面，才继续往前开。

似乎回到了童年的夏天，湛蓝的天空下，一望无际的瓜田里，那个执一柄钢叉伫立在瓜田里的少年。

少年脖子上戴着银色的项圈，剃了和尚头，穿一件无袖汗衫。乌黑的眼睛闪烁着星河的光芒。

一只刺猬偷偷溜进瓜地，正准备把刺刺进一只瓜时，少年的钢叉掷了出去，刺猬应声倒地，蜷缩成一团。少年捡起钢叉，满脸喜悦地回到屋子里。

"姆妈，叉到一只刺猬。"

屋子里的妇人应了声说，好哇，今天晚上吃红烧刺猬。

刺猬剥去皮，并没多少肉，况且刺猬肉不好吃，油乎乎的。可是刺猬吃了养胃，这是乡下的说法。大约"猬"音 wèi，吃啥补啥，以讹传讹，乡下人遂以为吃刺猬可以补胃了。

其实这一幕只是我的臆想，那个执钢叉的少年和妇人并不存在。当然我也没有吃过什么刺猬肉，甚至当时我连一只刺猬也没有见过，倒是经常看见黄鼠狼，拖着长长的尾巴，冷不防蹿出来。黄鼠狼狡猾得很，遇到人，噗一声放一个臭屁。人慌忙掩鼻，等松开手，再定睛一看，黄鼠狼早就跑得没了踪影。

不过也有落马的时候，趁它还来不及放屁，一把逮住，那黄鼠狼只好干瞪着眼睛，垂死挣扎。扒了黄鼠狼的皮，可以去镇上的药店换一副膏药，膏药上画着一只老虎。药店门口挂着一张张黄鼠狼的皮，还挂了蛇虫百脚，谓之五毒。端午要焚艾草，点雄黄酒，驱毒虫。

我已经很多年不见黄鼠狼的踪影了。镇上的药店早已关掉了，再也没有一溜黄鼠狼皮，也没有画着一只老虎的膏药了。

刺猬倒是奇多，也不惧怕人。夜里远远看见汽车灯光，迎着光跑出来，就那么在昏黄的灯光下，缓缓穿过马路，到了对面的瓜田里。

这刺猬是从哪儿来的呢？

大约是有人从花鸟市场买了一对，养在家里，后来跑出去了，久而久之繁衍出了许多后代。

又或者是乡下生态好的缘故。

某天，临安的一位朋友驱车夜行，一只刺猬拦路，遂把它放生到草丛里。不由得对朋友无比艳羡。不承想，在我的故乡，亦有与刺猬的奇遇。

车子早就驶得很远了，我的眼前仍晃动着那一对骨碌骨碌转动的小眼睛。天真而稚拙，对世界怀着无尽的好奇。我知道那并不是我的错觉。在这样一个夏夜，一望无际的瓜田里，夜风吹来甜蜜的气息。我知道，那一只刺猬，一定也心怀着幸福和甜蜜。

4

早上带孩子们去操场上大课间活动。

闻到一阵香气。回头一看，是一株栀子。硕大、洁白的花，钻过栅栏，探出半个头，好似调皮的孩子。

原来栅栏旁，栽了一丛栀子。椭圆形的叶子间，开着许多花朵。有的已经凋谢了，黄乎乎的，像被人揉皱了的旧帕子。

颜色淡雅的花，香气尤其盛大。这栀子的花，香气就凛冽、浓郁，直往人的鼻子里钻。闻得久了，会产生些微的眩晕感。大概香气浓郁的花"有毒"。

可是因为一朵花而中毒，是一件很美好的事吧。这样想着，我凑近花丛，使劲吸着鼻子。一阵馥郁的花香袭来，钻到鼻子里，直达五脏六腑，令人心迷神醉。

直到我带着孩子们上楼，那一阵馥郁的香气仍旧跟着我，久久没有消散。

不觉夏已深。时令已经是盛夏了，初夏的光芒仍旧在，于绿莹莹的林间、树叶的缝隙中闪烁、跳跃。这令我想起小时候经常玩的游戏，拿一面圆镜，在墙上照出斑驳的光影。

初夏的树叶，像一面小圆镜，又像无数亮晶晶的眼睛。

办公室楼下的八株香樟，这时候繁花已落，香气沉寂，只是绿意幽沉，似一匹绿缎子，滑落到不可知的岁月里去。

人也一步步地向光阴深处走去。

乡下有菜园子，有荷塘，天光云影，还有一株李子树。

今年是李子大年。我家的李子树，结了一树又大又红的果子。周末爸打来电话，让我去摘李子。爸出院四五天了，他一个人住在乡下。

乡下的大门敞开着，方便邻居们过来探视。昨天是小叔和小林婶子，小叔买了一只酱鸭。小叔说，本来要买蹄髈的，可是去得晚了，蹄髈卖光了，就买了鸭子，补一补。

爸让小叔把酱鸭放楼下冰箱里，说是晚上我们回来了一起吃。

小林婶子说，都不知道你住院了，听春妹讲才晓得。以为春妹瞎说，问了金荣（小叔）才知道是真的。

爸说，劳烦你们了。一个个这么忙，我这是外伤，又不碍事的。要你们一个个过来，真不好意思。

小林婶子说，阿哥看你这话说的，把自家人当外人。

小林婶子是爸的堂弟媳。当初娶小林婶子时，村子里很轰动。小林婶子长得美，细长的丹凤眼，白皮肤。娶亲的船是爸开的，还

有小叔、水荣叔。一船的铺盖被褥嫁妆，众人笑嘻嘻地往岸上搬。小孩子也拎一个水壶，或一个木桶。

夜里大家去闹新房。小林婶子穿着大红色嫁衣，坐在床沿上，沉稳又贞静。床上撒满了枣子、桂圆。众人推着新荣叔坐到小林婶子身旁。有人拿了一只苹果，用一根红丝线吊着，让小林婶子和新荣叔咬苹果。眼看两个人快要咬着了，那个人忽然把红丝线一拉，小林婶子和新荣叔咬了个空，亲上了嘴。大家纷纷起哄。

不知为什么，这么多年，一直记得那一幕。一转眼，小林婶子老了，脸庞瘦削，深深地凹陷下去。

前两年新荣叔中风，幸好小林婶子上夜班回来，看见新荣叔倒在地上一动不动，忙叫救护车送他去医院，这才把新荣叔救回来。出院以后，新荣叔半边身子瘫了，说话也不利索，口齿不清。两个女儿，一个远嫁广州，一个在念大学。只有小林婶子一个人照顾老伴。

新荣叔心疼小林婶子，说是养了两个白眼狼。

小林婶子说，孩子们有孩子们的事，哪里能给她们添麻烦？是不是嫌我没照顾好你？

小林婶子温婉、倔强，不肯服输。这么多年，我从未见过她掉眼泪。可是背地里，她一定掉过许多眼泪吧。

小林婶子和新荣叔感情好。爸说，要是你新荣叔走了，你小林婶子也活不下去。幸好新荣叔捡回一条命。

爸叹了口气，我们这一茬，老的老，病的病，残的残，傻的傻。

岁月太残忍。

阿哥姆妈得了阿尔茨海默病。她每天来我家几趟，来了，把几句话翻来覆去，说上几十遍。

阿哥姆妈今天也来了，梳着两条麻花辫。她见到我，笑嘻嘻地说，小橘子，你来啦。

我切了西瓜给她，她拿过去就吃。我说，李子甜，吃一点李子。

阿哥姆妈笑着，两只手抓满了李子。

爸说，从前万分矜持的阿哥姆妈，现在经常去拿别人家的东西。把美英家地里的玉米棒子都掰光了，美英背地里嘀咕了几句。你阿哥姆妈不是故意的，是脑子萎缩掉了，自己也做不了主。

爸说，作孽啊。

春妹也欺负你阿哥姆妈。有一次，你阿哥姆妈把春妹家的一盆虾吃掉了。春妹跳着脚，骂了她半天。

你阿哥姆妈从此吓得见了春妹就绕道走。

春妹是傻女子，不懂事。

春妹几日不见我爸下楼，疑惑道，这么久了，怎么不见阿哥下楼，阿哥不吃饭了吗？

我妈噗嗤一声笑了。你阿哥又不是神仙，当然得吃饭。他不下楼吃，我给他端上去呀。

春妹眨了眨大眼睛，终于明白过来，哦，原来是这样。

爸说，在楼上经常听见春妹一个人叽里呱啦说话。春妹虽然傻，但村子里谁家来了什么人，发生了什么事，她比谁都灵清。甚至于只来过村子一次的人，她都记得。而且她老远就能知道田埂上走来的人是谁。

有一次，我家一个多年未来的亲戚来串门，春妹急忙来报告：

阿哥，你家亲眷来了。

我爸四下望了望，哪来的亲眷，别神神道道的。

结果，一会儿，爸的一个表弟福荣来了。福荣住在田乐村，春妹只见过他一次。况且，春妹来告知我爸的时候，福荣还在一两千米之外。福荣听了也觉得惊异，问春妹，那么你晓得我是谁？

春妹说，怎么不晓得，你是福荣。这下，福荣惊得下巴都要掉下来了。

从春妹辨人的本事上，我始知世上真有一些说不清、道不明的东西。或许可以称之为超能力。

春妹跟着我妈去捞浮萍，捉小鱼小虾，喂鸭子。

我妈给春妹一把李子。春妹欢天喜地接过去。春妹说，嫂嫂，你家的李子真好吃。

春妹又说，嫂嫂，我可以摘你家的李子么？

不行哦。我摘了送给你吃。不能随便摘别人家的东西。

春妹点点头，不然建良会凶我，对不对？

对。我妈点点头。

有一次春妹摘了别人家的番茄，建良揍了她一顿。她躲在屋子里嘤嘤哭了半天。建良骂她，蠢头。

所以阿哥姆妈吃她的虾，她也骂阿哥姆妈是蠢头。

我妈说，大芬（阿哥姆妈）年纪大了，记性差了，你不要骂她哦。你要是不骂她，我以后吃酒席都让你跟着我。不然以后我不要你跟了。

春妹说，好，我跟着嫂嫂。嫂嫂待我好。

春妹傻归傻，好坏还是知道的。我妈心慈，总不忍她受到欺负，

去隔壁村拜佛、吃酒席时，隔壁村的人对她指指点点，我妈便护着她。

有一次，我妈把一个用旧的老年机送给春妹。春妹很欢喜，拿起手机给她爸拨了电话，叽里呱啦说了老半天。

我妈说，傻女子可怜哩。

春妹的爸妈家里拆迁，分了几套房子，全给了春妹的妹妹，没有春妹的份。他们说一个傻子，给她作甚？将来也不会养老送终。

我妈知道了有点气愤，傻子咋了，难不成就不是人了。

我妈说，春妹其实并不很傻。她会用电饭煲做饭，会用洗衣机洗衣服。春妹蒸的水蒸蛋格外好哩，比我蒸得还好，瓷实，一点也不塌。

　　春妹只是话痨，心智还是一个小孩子。

　　春妹和阿哥姆妈在我家待了一个下午。

　　直到吃过晚饭，我要回城里了。她俩和我妈一起，三个人伫立在廊檐下。

　　阿哥姆妈冲我挥手：小橘子，车子缓缓开哦。

　　春妹也挥着手：送月饼再来哦。

　　我的眼泪忍不住掉了下来。我摇下车窗，使劲冲她们挥手。

如梦令

李清照

常记溪亭日暮，沉醉不知归路。

兴尽晚回舟，误入藕花深处。

争渡，争渡，

惊起一滩鸥鹭。

李清照的这首词，让我想起小时候的夏天，去小河边玩耍，一直到日暮时分才恋恋怅怅地回家。有一回划着爷爷的菱桶，在荷花池子里打转，怎么也划不回去了，急得眼泪都快掉下来。

时隔多年，那荷塘、藕花、蛙鸣、月色，仍真切地浮现在我眼前。

还有祖母亲手做的那一碗甜酒酿，令我至今思之念之垂涎之，每每忆起，口水都要淌下来。

〔元〕佚名《莲舟新月图》（局部）（辽宁省博物馆藏）

1

雨天，驱车回乡下。

马路旁建筑工地上的工人，穿着透明雨衣，戴着橙色的安全帽走在雨中。这不由得令我想起小时候的一幕：

穿着雨鞋，撑着一顶荷叶，在水坑里踩过来踩过去。

天地间只有淅淅沥沥的雨，荷塘、蛙声，以及亘古的童年。

四时之中，夏天最为我所钟爱。因了夏之瑰丽、澄净、美好，那悄然而至的雨、长天、碧水、荷花、落日与晚霞。

人间至美，不过是一缕微风，一片彩云。旷野中绵延起伏，无穷无尽，水墨画一样泼洒的深深浅浅的绿。

瓦屋顶上，悬挂的一轮明月。

碎石堆里，蟋蟀昼夜唱着的一支欢歌。

人间至境，不过是田园葱茏，瓜果飘香。廊下小儿嬉戏，仙鹤起舞（我家廊下绘了一幅仙鹤图）。

午后，端坐于屋中，手持一本书，翻上两三页。窗外的雨声是闲的，光阴也是闲的。

2

乡下日月长。一日当两日。

只觉在乡下的光阴，亘古而悠长。

爸春天时种下的蔬果，这时节皆可以收获了。拎着一只竹篮去菜园子里摘菜。红的是辣椒，紫的是茄子，青的是葫芦。

爸在小院里搭了个木架子，拉了粗布绳网，葫芦一个个垂挂在架子底下。想吃的时候，就伸手摘一个。

今年雨水多，葫芦结得格外大，一个个胖娃娃似的。爸是出院以后第一次下楼，见到葫芦架，犹如慈父看见小儿女，眉梢眼角都沁满了笑意。

爸又去看鸭子。十几只鸭，嘎嘎嘎，见了爸纷纷伸长脖子凑过来，好不欢喜。

爸说，在屋子里久了，下来一趟，浑身筋骨都舒展开了。

荷塘里，荷叶已长至一人多高，如无数顶巨大的绿伞。雨落在荷叶上，似顽皮的孩子，滚过来滚过去。荷花已经开了，一朵，两朵，三朵。

在一幅绿意绵延的水墨画里，那一朵白荷花，犹如工笔描出。想来，唯有大自然这个伟大的画师，才能把那一朵荷，描摹得如此秀美罢。

令人忍不住引颈观之，继而咋舌赞之：好一朵美丽的白荷花。

白荷花，是祖母的名字。祖母已经长眠在青龙湾的坟地中了，她的墓碑上，刻着这个名字。走过村庄的人，仍会轻轻念出她的名字。

一个人只要活在别人的记忆里，就永远不会死去。

祖母依然活在我们的记忆里。村子里上了年纪的老人，仍会说起她的一桩桩往事。

你祖母哟，是一个心善的老太太。

荷花婶子哟，每年夏天，都挖新藕赠给我们。

他们念起祖母的好处，沉浸在久远的回忆里。

祖母在世时,他们还是小辈。如今,他们自己也当上了祖父、祖母。时光多么迅疾啊。一生犹如一瞬。

他们苍老、布满褶皱的脸,像祖母一样温暖、慈悲。

他们亦是我的挚爱亲人。

每一次回乡下,老人们见到我,总是亲昵地叫我小橘子。

小橘子,给婶子烧一把柴火。

小橘子,给叔买一包香烟。

小时候,他们使唤我干这干那,像使唤自己的孩子。现在,他们搓着手,有点不好意思地说,小橘子,去婶子家坐坐。

小橘子,喝碗甜茶。

他们招待我,犹如招待一个宾客。

而我,亦是这村庄的宾客了。

爸说,今天留下来吃晚饭哦,让你妈杀一只鸭子。我说不了,有事要回城里。

爸不吭声,过了一会儿说,好吧,那摘点桃子、玉米回去哦。玉米熟了,来不及吃。这一阵,我又去不了城里,你多摘一些。桃子也红了,你自己拎个篮子去摘。

爸种这些瓜果蔬菜,一半为了消磨时间,一半为了给我们吃。我们喜欢吃,他心里高兴。要是我们不领情,不摘个一篮子一麻袋回去,他脸上就大大地写着三个字:不开心。

所以嘛,每次我们回乡下,都像强盗似的装一车厢的蔬果回家,实在吃不完,就分赠给邻居们。邻居们见了我爸,个个嘴巴抹了蜜,叔叔长叔叔短地叫个不停。

爸出了院，执意回乡下休养。爸说，乡下热闹，不像城里，铁门一关，邻居不相往来。乡下大门终日敞开着，白天有人来串个门，聊个天，半天工夫就过去了。

你水荣婶天天接虎子放学，每天四点半，虎子背着小书包，唱着歌回家，闹钟一样准时。

一朵花一株草是热闹。鸡鸣狗吠，人语喧嚣，也是热闹。

爸搬了一把藤椅，垫了垫子，坐在廊檐下，听风，观雨。一个乡下的老头，竟有几分诗人的做派。

爸说，前几天送戏下乡，你天生伯带着阿哥姆妈搬了凳子去看戏。我坐在廊下听戏，也甚是惬意呢。

一个人但凡与草木、山河、故乡同在，便永远不会寂寞。

爸不觉得寂寞，总觉得在乡下日子过得安稳、舒服、自在。爸说，别记挂我。我好着哩。要是忙，就不要回来了。瞧，现在我都能自己下楼啦。

我叮嘱爸，雨天路滑，当心石板上的青苔。还有，平时一个人在家，千万不要擅自下楼。

爸诺诺地点头。（爸何时已经开始听我们的话了？）

3

吃过晚饭，去小区楼底下园子里散步。

夏日的黄昏，天边云彩瑰丽，摩天大楼隐在云彩底下，如一座幻城。

园子里，香花馥郁，草木深深，已是夏日的光景了。蝉声起伏，似海浪涌动。夏日的蝉，是一位最是用功勤勉的歌手，晨昏不息地练习。

小区门口，有一间烟灰色屋子，几个女孩子开了一家设计装潢的店，兼做花艺。一扇铁门，上缠绿藤，颇文艺浪漫。一个小院，院中摆了一张木桌子，桌上有一锅玉米排骨汤、一盘黄花菜、几碗白米饭。几个女孩子言笑晏晏，围坐吃饭，亦是夏日的好时光。

喜欢徜徉于这样的时光里，平和、宁静、安逸、散淡。

沿着绿道走一圈，青青草坪，幽幽岁月，绿树繁花，蛙鸣鸟啼，一切已是浓得化不开的夏日图景了。

4

夏日的傍晚，去天河街访一位朋友。

陋巷深处，有一个老旧小区：市府宿舍。噔噔噔爬上五楼，朋友蛰居在这老房子里。

屋子虽旧，装修得却很古朴雅致。白墙，烟灰色地板，墙上挂着一块匾额：多情楼。多情应笑我。朋友的名字，叫笑我。

笑我多情笑我痴。朋友是一个痴心人，痴迷读书、收藏。

屋子有一间大书房。本来是小小的一间，因书太多放不下，遂买下了隔壁邻居的房子，凿了一个洞。把两个房子连接起来，遂变成了一个大书房。

去月河淘了一张鸡翅木的旧书桌。书桌上，置笔墨砚台、册页

信笺，端然有古意。

桌上有一把紫檀木的尺子，取名曰：辅寸。买来时稍短了些，于是镶了象牙扣。尺有所长，寸有所短。一寸光阴一寸金。辅的是寸，亦是光阴。光阴凉薄，余生太短。要在这凉薄的世界上，自由自在地活，珍惜、珍爱每一分每一秒。

一个陶人。据说是海盐出土。那个陶人，无头，手里抱着一个嬉笑的面具，甚是滑稽。朋友说，这陶人头都掉了，还舍不得这一张面具，真是死要面子呀。

一个木雕女子。她发髻高高挽起，是唐朝的装束，双手抱着一样东西。起先并不知女子怀抱的是什么，后来看久了，隐约看出是一枚仙桃。那么这女子是一位仙使吧。有一天，瞧着像是兔子的耳朵，那可不就是唐朝的嫦娥么。朋友遂大喜。

一枚拇指大的印章。上面刻了"臣弈"两个字。谁这么大口气，敢自称是臣，那一定是一位大官了。那么对弈者就是皇上了。与皇上对弈，赢也不是，输也不是，心中真是百般纠结啊。这一枚印章，用铜所制，年深月久，长出绿锈。那绿锈有点像孔雀绿，煞是好看。

一个柳如是的木雕。是一截树枝做的。树枝是偶然捡到的一截松枝，因造型好看，遂请了雕刻家陆乐雕一个作品。陆老师是大师，三下两下，就雕出一个柳如是，脸庞如满月，眉目疏淡，连头上那顶学士帽也极为神似。

艺术就是这样令人心生欢喜。一件摆设，一样物品，因了独特的审美和眼光，遂成了旷世的宝贝。

朋友独居，那满屋子的书、小摆设、小物件，都是朋友的宝贝。它们陪伴着他的日常，予他欢喜和慰藉。

它们亦是时光中永恒的恋人。

朋友的书房外，有一株荷花木兰。长得高而奇崛，一树墨绿的叶子，有金石之气，开出硕大洁白的花朵。每日晨昏，伫立在阳台上，看一看这一株荷花木兰，亦足可心生喜悦。

令人生出喜悦之心的，还有这平淡的日常，素净的流年。

天河街，真是一个好地方。此景只应天上有，不似在人间。然而这里却充满了烟火气。

朋友说，一直住在这老小区里，不肯挪窝，便是因了喜欢这里的人间烟火气、市井气。

出门即闹市。烤肉店、水果店、面店、药店、理发店……遛狗的，买菜的，打拳的，妖娆的女子，文身的男人，急匆匆的上班族。在这里，你可以窥见人间百态、俗世奇人。

朋友带我们去一家小店吃饭。很局促狭小的一家店，摆了两三张木桌子，几把木凳子，电扇呼呼吹。店家端上来几个菜：白斩鸡、素面筋、霉干菜扣肉、套肠、木耳菜。都是家常菜，滋味却很地道。

霉干菜有小时候的味道。泰州的李晋兄是美食家，写美食专栏，吃到嘉兴的霉干菜也赞不绝口。

与李晋兄虽是初见，亦如旧识。这一次，去访朋友，有幸邂逅了李晋兄。

有趣的灵魂终会遇见。说得极是呢。

甜酒酿

早上起来，鼻子被一股浓郁的香气牵引，走进厨房，揭开毛巾，酒酿熟了。白色的酒酿，浮在晶亮的汁液里。

用玻璃碗、小花碗各舀了一碗，切了一片柠檬，覆在酒酿上。真是美。

想起小时候的夏天，祖母做甜酒酿的情景。祖母用一只绘了牡丹花的搪瓷脸盆，盛了米饭，取一粒酒药丸子，用菜刀柄捣碎，碾成粉末，撒在米饭上，中间挖一个孔。再用一条毛巾覆在脸盆上，藏进衣橱。（糯米发酵，需要一定的温度。）我们隔一会儿就去打开衣橱，小鼻子使劲嗅着。渐渐闻到一股淡淡的似有若无的香气，酒酿熟了。

熟透的酒酿，长出绒毛，沁出晶亮的汁液。

那一粒酒药丸子黑乎乎的，从一个穿着黑色布袍的老婆婆手里买来。那个老婆婆，每年夏天都会出现在我们村庄里，背着一只黑布袋子，里面装满了大大小小的酒药丸子。她的脸瘦削，脸颊深深凹陷进去，而且还穿着一件黑袍子，看起来像是一个女巫。

"女巫"在我家门口探头探脑：酒药要哇？

祖母闻声，打开衣橱，从抽屉里取出几张纸币，递给"女巫"，接过丸子。她们像完成了某种神秘的交接，各有所得，心满意足。"女巫"得到了纸币，祖母得到了酒药丸子。

一粒酒药丸子，有着神奇的魔力：可以唤醒米饭，令它发酵、膨大，成为软糯糯、甜津津的酒酿。

祖母伫立在绘了梅兰竹菊的灶台前做酒酿。这一刻的祖母，目光沉静、柔和，一缕头发垂下来，覆在她汗津津的脸上。

祖母脑后挽了一个发髻，罩了黑色的网，插着一根银钗。

那根银钗，在幽暗的屋子里，发出炫目的光芒。

三十年过去了，我依旧记得祖母汗津津的脸，沉静、柔和的目光。

每年夏天，我都会按照祖母的法子，做一碗甜酒酿。

酒药是从八闽超市买的。那个开超市的大姐是福建人，说一口好听的闽南话。我去买酒药，大姐问，小姑娘，你会做甜酒酿哇。

是啊。

现在的年轻人，很少会做甜酒酿了。大姐笑嘻嘻地说。

大姐店里的甜酒药，几乎专门等着我去买。或者是因为我要买甜酒药，大姐才特地去进了货。

一包甜酒药，两块钱，可以做六市斤米。（祖母惯常把一斤说成一市斤。）

甜酒药呈长方块，像一块糖。每次做一碗，只需敲下边缘上一小块，用刀柄拍碎，磨成粉末。白色的粉末大部分撒在米饭里，拌匀，再把饭铺好，中间挖一个小洞，剩下的一小撮粉末，轻轻撒在米饭上。

用保鲜膜把碗裹起来，上面再覆一条毛巾，然后搁进厨房的角落。

我做甜酒酿的方法，与祖母做甜酒酿的方法，一丝不差。

爸爸尝了我做的甜酒酿，惊异地说，怎么吃起来有妈妈（我奶奶）做的甜酒酿的味道？

是啊，这一碗甜酒酿，不过是一碗普通、寻常的甜酒酿。然而它亦是一碗不普通、不寻常的甜酒酿，蕴藏了人世温柔、绵长、浩荡的爱与思念。

爸爸年纪大了，时常会忆起祖母。尽管祖母在世时，爸爸并不领情。祖母晚年凡事操心，碎碎念，爸爸有时难免嫌祖母烦。

祖母驾鹤西去后，爸爸伤怀、难过许久。

爸爸是多愁善感的人。祖母垂爱他，比叔伯阿姨更甚几分。

爸爸也因为得到祖母格外垂爱，受不得半点委屈。直至今日，爸爸受到一点委屈，仍要掉眼泪。（这一点，我与他何其相似，血缘是多么神奇的东西。）

祖母却是豁达、倔强之人，人世的坎坷、不平，她都心平气和地接受，从不抱怨、愠怒。我从未见过祖母生气的样子，自然也一次都没见过她掉眼泪。

纵使她的小儿子英年早逝，她也咬紧牙关，挺了过来。

有一次，我与祖母走亲戚，路过小叔叔的坟墓。祖母在墓地上摘了一朵木槿，别在藏青色斜襟布袍上。夕阳温柔地落在她脸上，祖母的脸，团团的，有观音相。

小叔叔和小婶婶吵架，一气之下，喝农药自杀。自从小叔叔死了以后，我们家的人，对小婶婶视若仇敌。那一年八月半，小婶婶拎了月饼来我家，所有的人都不搭理她。

　　唯有祖母温和地招呼她：菊英，坐吧。

　　小婶婶喊了一声妈，红了眼眶。

　　祖母说，过去的事，就让它过去吧。咱还得好好活下去。

　　多年以后，小婶婶又嫁了人，生了一个大胖儿子。有一次小婶婶拎着礼品，抱着儿子来看祖母，祖母笑嘻嘻地逗弄孩子。

　　祖母仙逝，小婶婶来奔丧，伏在棺上哀哀地哭。

　　"妈——妈——"闻者无不动容。

　　祖母既已宽宥、原谅了她，我们家的人，便也不再仇恨她。

　　大地上发生了多少恩怨、爱恨、情仇，终有一天，一切会随风远逝，消散得无影无踪。

　　祖母的教诲，我一生不忘。

　　虽然，我有时会使点小性子，气量也不大，但是尽可能让自己在待人处世上大度一些，忍耐一些，平和一些。

　　如遇不平之事，亦一笑而过。

　　人世多欢喜，何必忧与愁。

　　夏天，吃一碗甜酒酿，我又想起了祖母。

忆王孙·夏词

李重元

风蒲猎猎小池塘，
过雨荷花满院香，
沉李浮瓜冰雪凉。
竹方床，
针线慵拈午梦长。

　　夏日好时光，除了吹空调，读小说，吃西瓜，还有就是睡一个长长的午觉，喝一碗甜滋滋的冰镇绿豆百合汤——朴素的光阴最动人，让我们徜徉于夏之光阴里，度素年锦时。

〔宋〕马和之《荷亭纳爽图》（台北故宫博物院藏）

夏日时光

1

东野圭吾的小说，是消夏读物。送孩子去上兴趣班，坐在隔壁一间狭小的会客室里，一桌一椅，简陋之至，闷热异常，然而沉浸于书中悬疑、诡异的情节中，亦觉心中凉飕飕的。

接孩子回家，坐在沙发上，一边吃冰淇淋，一边继续读大结局。只觉是夏日最好的时光。

夏日的时光，悠长、缓慢。许是窗外蝉声从早唱到晚的缘故？

蝉声拖得老长，知了——知了——，知了——知了——。蝉的身体里藏着一个音响。只要按下启动键，声音响起，无休无止，永无停顿。天气愈是炎热，蝉声愈是嘹亮，简直有点像男高音了。

坐在十二楼的窗前听蝉声。楼底下，一条旖旎的小河，岸边栽了柳树。

夏天的柳树，绿得有些失真，犹如幻相。蝉声是从小河边的柳树上传出来的，抑或是樟树、白玉兰树。

夏天的树，熄灭了花朵，一片绿意幽深，教人分辨不出是什么树。

河边长着一丛水生植物，狭长阔大的叶子，开出一串串紫花，于炎夏之中显得格外清丽、安静。

只要徜徉于天地自然间，一颗躁动的心，就会安静、平和下来。

2

虽在炎夏，晨昏还是很凉快。

我喜欢夏天的早晨。打开窗子，迎面吹来一阵清新、凉爽的风。只有夏天的风，才会这样清新、凉爽，带着一股好闻的青草味儿。

夏天的早晨，是觉醒的时刻。饱睡了一宿，困乏顿消，元气满满，只觉又是美好充盈的一天。

至于夏日的黄昏，那天边瑰丽的云霞，也是我所喜欢的。

云彩笼罩下的城市，犹如梦幻之城。这几日傍晚，一个人，伫立在西边的阳台，痴痴地看云，直至云彩隐没，灯火从摩天大楼的窗子里浮上来。

不知何时，四面已被摩天大楼包围，它们巍峨、耸立如山峰。有时，一个人夜里独自去阳台上，忽然看到璀璨的烟花，在夜空中轰然绽放。

我们这里禁燃烟花。小区西侧，仅仅隔了一条河，已是三环以外，毗邻郊外，尚可以燃放烟花。于是，痴痴地伫立在窗口，看那一场烟花，升腾、绽放、消失在无边无际的夜空。

3

日子迅疾，不知不觉已到三伏天。然而并不觉得特别炎热，黄梅天刚过，台风又至，这个夏天，气温迟迟蹿不上去，甚至有几天，早晚出门须穿一件薄外套。仿佛过了一个假夏天。

除了送孩子上兴趣班，终日宅在屋子里。一日三餐，粗茶淡饭。吃的蔬菜，皆由我妈从乡下背来。

胖娃娃似的冬瓜，胳膊粗的丝瓜，葫芦似的蒲瓜，还有茄子、青椒。我妈真是个大力士，背了鼓鼓囊囊一麻袋，除了送到我家，还分赠给别人。若是别人称赞一句，她便欢天喜地，继续赠予那个人。

昨天我妈提来了一篮桃子。我妈说，比买来的水蜜桃鲜咂（方言，

鲜甜）。我洗了一个吃，果然，汁水四溢，鲜甜可口。

今年是桃子大年。我家的老桃树，结了一树果子。桃树一般只长三五年，就老朽了。我家的这一株老桃树，已经结了许多年桃子，仍在孜孜不倦地结果。

我爸用鸡鸭鹅粪做肥料，埋在桃树底下。桃树每年肥料吃得足，果子结得又大又甜，以此回报我爸。

植物是神灵，你待它好一些，它便回报你多一点。

爸出院以后回到乡下，问他一个人寂不寂寞。爸说，怎么会？乡下有那么多热闹的东西。鸡，鸭，鹅，桃树，梨树，还有香瓜。

单是香瓜的品种，就有三个：白梨瓜、黄金瓜、绿泥瓜。

在我们家，夏天从来不买水果，自家的瓜果多得吃不完。爸说，桃子不吃要烂掉啦，我一天吃二十几个桃子。

吃那么多，会吃坏肚子呀。

不会，桃子吃了好的。王母娘娘的仙桃呀。爸笃信不移。

4

驱车去乡下，接爸出来去医院复查身体。爸有点不好意思地说，哽了一根鱼骨头。

多久了？

一个礼拜了。

为什么不早点告诉我？

爸嗫嚅着，这不有点不好意思嘛，怕你说我是小孩子。

去挂了耳鼻咽喉科，医生说，时间太久，已经看不见了，要不做个喉镜？

爸问，啥是喉镜？

就是一个东西照到嗓子里。

疼不疼？

有麻药，不疼。

爸做了喉镜，从诊室里走出来，一脸鼻涕眼泪。我递给他一包纸巾。爸一边擦一边说，鱼骨头仍旧寻不着。医生说，兴许已经掉下去了。

爸说，有时咽口水还疼，兴许只是心理作用。

以后哽住鱼骨头，马上来医院，一分钟就能夹出来。省得吃苦头。我叮嘱。

爸诺诺地点头。

要送爸回乡下。爸不许，非要自己坐公交车。爸说，坐公交车只需两块钱。你来回一趟，要花几十块油钱。

爸老了，退回去变成了一个孩子。有时任性、固执；有时和我们说话，也变得有点小心翼翼的。

爸说，自从看了上海医生，吃对了药，现在脚不痛了。只是这个药太贵了，要你破费。

我说爸，咱吃一点药还是吃得起的。我少买几件衣服就是了。你放心地吃，记得按时去医院复查。

爸说，其实不复查也没事。

那怎么行，医生必须要看复查结果给你配药。再说了，这也是

对自己的身体负责。

那要是复查出来不好怎么办？

那就治呗，医生会有办法的。

爸年纪大了，讳疾忌医。听到要去医院，总是万分不情愿。有时，提早告诉他，他翻来覆去一夜睡不着。我只好临时通知，一大早去接他。

爸不识字，看不懂化验单，只是问我好不好。

我说好，他便放了心。

和爸走出医院，夏日，蝉声炽烈。爸的背影，有点佝偻。

不知怎的，我想起童年的夏天，爸开着西瓜船，带我和弟弟去卖西瓜。爸驾驶着挂机船，劈波斩浪，犹如威风凛凛的船长。

中午，西瓜船停在一座石拱桥底下。小河边的柳树投下浓密的阴影。我和弟弟坐在船上，吃一个爸用拳头砸开的沙瓤西瓜。只觉那时岁月亘古宁静，时光温柔绵长。

1

中午煮了虾饺，粉红色的皮，虾仁肉馅。下到锅里，浮起来，用勺子捞出，倒入一个白瓷小碗。一碗粉嘟嘟，颜值爆表的虾饺。

一串阳光玫瑰葡萄，薄荷绿，吃起来有玫瑰的香味，再倒一杯冰橙汁。杯子是从弗尼7买回来的，白色，配一个托盘。

很喜欢弗尼7这家店，它是一家家居超市，明码标价，陈列的家具也颇有设计感。每次去，店里的小伙子朝阳都会在门口迎接。

有一天去，朝阳悄悄跟我说，姐，下次你过来，我就有车了。

朝阳一米八七的个子，帅气、腼腆又天真。

还有苹果脸，胖嘟嘟的设计师小彦。两个人一大早来我家量尺寸，连夜赶做设计图发给我。

因为挑选的沙发有调整，两个人顶着烈日又来复量了一遍尺寸。

去门口小卖部买冰水给他们喝。两个人开心地接过去，咕咚咕咚一饮而尽。

葡萄是小彦送的，自家种的。我去店里，她端出一盘让我尝尝，我赞叹好吃，临走时，她非让我带两串回去。

小彦朴实，不太说话，可是一见人就笑，露出两个甜甜的酒窝。

她是设计师，对于家具颜色、式样的搭配，很有自己独到的见解。

我信任她，说让她帮忙挑选就可以了。

小彦急了说，这怎么行，姐，主意还得你自己拿。你住的房子，挑的得是你自己喜欢的款式呀。这样住在里面，才会由衷地高兴。

别人喜不喜欢，并不要紧。要紧的是自己喜欢，遵循自己的内心。

小彦说这话时，一脸的认真。

是啊，一件东西，难道不是因为由衷地喜欢才买下它吗？

喜欢才是唯一的理由。于是，在挑每一件家具时，我都会问自己，是不是真的喜欢它？而不是想，它是否看起来高端大气？别人会不会觉得很棒？

我渐渐发现，自己会找到一些真正喜欢的东西。譬如，一张长木桌，布满古朴、素净的木纹，坐在这张木桌子旁，可以饮茶，插花，吃饭，写字，看书，发呆。仿佛回到久远的旧时光。

一个空间，需要留白。不要塞得满满当当，能空的地方尽量空着。小彦叮嘱我。

本来地下室有一点空间，我打算放一个书桌。可是由于隔了一个阁楼，层高有点低。小彦说，不如放一个茶几，地上扔几个蒲团，有朋友来，可以坐在蒲团上喝茶、聊天。

我一想，还真是呢。这个地方，有一排落地窗，冬日阳光洒进来，一定很温暖。

买一件家具，小彦会问，你真的喜欢么，真的喜欢再决定吧。这样的话，令人觉得温暖。如果不是她再三认真地询问，也许我会买下不喜欢的东西。这样一定会有懊悔和遗憾吧。

小彦的认真和执着，让我减少了懊悔和遗憾，所挑选的每一件东西，都是自己由衷地喜欢的。这样，每天面对喜欢的东西，心中会充满了愉悦。

犹如每天，与喜欢的人朝夕相处，脸上会绽放甜甜的笑颜。这是一种相似的感觉吧。

2

热浪袭人，出门一趟，犹如洗了个桑拿。白球鞋踩在水泥地上，似乎片刻工夫就会被烤成黑胶鞋。

好吧，唯一的办法就是躲在空调房里，吃冰淇淋，切半个大西瓜，用勺子一勺一勺挖着吃。

要那种有黑籽的西瓜，呸呸呸，朝着垃圾桶吐籽儿。这才是童年的西瓜的滋味。

还有绿豆百合汤。在"本来生活"上买了绿豆、百合、冰糖，放在电砂锅里煲，早上出门，中午回到家，揭开锅，把绿豆汤盛在玻璃碗里。放入冰箱冰镇一个小时左右，取出来，就是一碗冰镇绿豆汤了。绿豆煮得酥烂，只剩下豆壳，百合略有一点苦味。

夏日，饮一碗绿豆百合汤，可以去火、消暑。一碗冰镇绿豆百合汤，盛在白瓷碗里，有一点淡淡的，似有若无的薄荷绿。

　　买了一件薄荷绿的真丝衬衣。看到的第一眼，就喜欢上了。淡淡的薄荷绿，是夏天的颜色。

　　买回来一件，仍不餍足，又去店里，把剩下的另一件也买回家。店里的女孩子说，姐姐，你买东西喜欢 double。

　　是啊，对于喜欢的东西，会买双份，唯恐以后再也买不到了。

　　这件薄荷绿衬衣，搭配一条白色亚麻裤子，穿起来又凉爽又舒适。

　　夏天的傍晚，和草去揽秀园吃晚饭。走到鸳湖边，只见绿意幽深，岸上的草木，映照在水中，犹如一块绿绸帕子。

　　一群叉条鱼游过来，围着一丛水草。听见脚步声，忽而隐没到水底。

　　想起小时候的夏天，折了芦苇秆当钓竿，弯了大头钉做鱼钩，扎上绿头苍蝇，坐在河边的大柳树底下，当姜太公，专门等这些狡黠的家伙上钩。小鱼因为贪吃，上了我们的当，遂进了我们的肚皮。

　　童年的夏天，一个下午，姜太公可以钓半桶叉条鱼。还有鳑鲏鱼，身子扁扁的，十分笨拙，只需用一个竹篮，迅速兜住，一捞，就能捞上好多条。

　　傍晚，瑰丽的云彩涂满天边，我妈蹲在河阶上，剖开鱼肚子，挖出鱼肠子，在小河里洗干净了，拎回家，油锅里炸一炸。我已很多年没有吃到油炸鳑鲏和叉条鱼了。想必它们的滋味，和小溪鱼一样鲜美。（夏天去山里小住，倒是经常可以吃到小溪鱼。）

白色的叉条鱼从我脚边游过,不知隐遁到何处去了。三十年时光,亦迅疾而过。

这么多年,我仿佛一直没有长大。仍是那个穿塑料拖鞋、扎羊角辫的小女孩,踢踏踢踏,走过薄荷绿的夏天。

3

吃过晚饭,沿着鸳湖走了一圈。一边走一边和草聊天。

风从湖上吹来,沁人心脾。

聊的是写作和人生。

写作是人生的一部分,我们用写作,滋养我们的生命,让人生更充实、丰盈。这是我们写作的初衷。

我们为什么要写作?因为至今尚且没有找到更喜欢的生活方式。

如果有一天,我们觉得生活已经足以令自己心满意足,不必借助别的形式,也没有什么话想要与谁倾诉,到了那一天,也许就不会再写了。

现在,我们仍有说话、交谈的欲望,渴望说出郁积的心声,揭开那些童年、少年时的伤疤。那些羞耻、疼痛,只要说出来,便忘记了,放下了。如果永远不说,那些伤痕、疼痛就永远不会过去,也放不下。

我们为什么要写作?为了得到内心的自在、平和、安宁和喜悦。

写作是一个治愈的过程,当我们一点一点揭开伤疤,内心的勇气和力量就会一点一点增加。直到有一天,我们告别过去,成为了一个全新的自我。

我们一步一步往前走，成长、蜕变，像一只蛹，努力让自己变成一只蝴蝶。

不仅仅耽溺于形式和审美。宝马、香车、华服、美食，造型古朴、典雅的器物，花好月圆的日子。

以前，我们在形式和审美上花了太多的功夫，制造了许多假象。譬如拍照时，一定要柔光、滤镜，拍出失真的照片——那个照片上的自己，皮肤雪白，没有皱纹，但那并不是真正的我。真正的我，皮肤晒成小麦色，左侧眼睛下有一颗黑痣。有人说是泪痣，也有人说是旺夫痣。且不管它是什么，它都是我身体珍贵的一部分。

学会接受不完美的自己。以前最怕听到别人说自己一句坏话。若是有人说了，必定闷闷不乐，或者和那个人狠狠地吵一架。

现在不了，好话坏话姑且听之任之。反正，不管是赞赏我的人，还是诋毁我的人，都不能改变我。无论别人怎么赞赏抑或诋毁，我还是我，我只是我。

渐渐地明白了，最好的自己是：真诚、温暖、开阔。真诚待人，温暖自己，用开阔的胸襟，去容纳和接受命运的赐予。能看见人世的黑暗、疼痛和苦难，也能看见美好、温暖和光亮。

有一天，我去乡下一个亲戚家，他家有一个多余的房间出租。租房子的是一对中年夫妻，生了一对龙凤胎。有一天，哥哥不小心从床上掉下来，磕坏了脑袋，没钱治疗，变成了傻子。

那一家人，蜗居在十平米的房间里，炒一锅红辣椒，围着桌子，其乐融融地吃饭。吃过饭，妹妹抱着一个布娃娃，唱着一首童谣，哥哥追着一只小狗跑来跑去，呵呵傻笑。我忽然被那户人家的生活打动了。他们虽囿于贫困、窘迫的生活，却仍有幸福和快乐的时刻。

那幸福和快乐的时刻，是光是亮是暖，驱散了阴霾，点燃了希望。

只要心中有那一点光亮、温暖在，人便不会陷入黑暗的绝境。

我们可以尝试着去写出那一点温暖和光亮。

去好好生活，热爱并且拥抱这个世界。

大美无声，大道至简。粗茶淡饭、布衣素食，亦不改其乐。回归自然和本真，过一种自由、简单、朴素的生活。

与日月、山河、草木在一起，得到自在、圆融、安宁和喜悦。

如果有一天，我们的写作和生活，可以抵达这样一种境界，那一定是值得祝贺的。

薄荷之夏

有读者问：薄荷之夏是什么味道的？

嗯，让我想想，大概就是此刻，一个人待在空调房里，吹着冷气，跷着二郎腿，吃着抹茶冰淇淋（脆皮雪糕）。内心柔和平静，薄荷一样清凉。

三伏天，烈日炎炎，热浪滚滚，一年中最难捱的日子，因为炎热，那一点凉快，令人格外贪恋。

走在马路上，一边喊，真热啊，热死个人啦，一边躲到树荫底下。那一点儿阴凉，从树叶的缝隙里吹来的微风，令人顿时心生清凉，惬意极了。真是无比贪恋那一刻的清凉和惬意啊。

打快车，系统提醒：天气炎热，请在阴凉处候车。哪儿凉快？路边有一个小卖部，遂走进去。屋内冷气飕飕，犹如掉进了冰窟。

大姐，买一瓶冰水。

好嘞。两块钱。老板娘笑嘻嘻地说。

老板娘四十多岁，坐在柜台前。两个儿子，坐在门口的板凳上下棋。有顾客进来，大儿子拉门，迎客人进来。顾客走了，小儿子说，谢谢光临。两个人目不斜视，一边下棋，一边当门神。

冷气在他们头顶绵绵不绝地吹出来，嘶嘶嘶，嘶嘶嘶，薄荷一样清凉。

这一对兄弟，哥哥身材魁梧，弟弟眉清目秀，长得一点不像。但是两人的神情举止，出奇地像。

两个人的棋艺，也不相上下。这一局哥哥赢，下一局弟弟赢。赢了并不欢天喜地，输了也一点不恼。这一份气度，倒不像小户人家，有君子之风。

我在小卖部喝了一瓶冰水，观了一会儿棋。辞别大姐，走到烈日炎炎的街上。快车师傅已经在路旁等候了。车窗上装了布帘，冷气开得很足，布帘子拉起来，把炎夏挡在外面，自成一个清凉世界。

薄荷之夏，也是一个冰镇西瓜、一杯酸梅汁、一碗绿豆百合汤。

小时候没有冰箱，用一根绳子，系着竹篮，把西瓜装在竹篮里，吊到井底下。吃过晚饭，趴在井栏上，喜滋滋地把竹篮拎上来。一块青石板，一把菜刀，咔嚓一声，西瓜切开，红瓤黑籽，汁水流淌。一个西瓜，切成八瓣，一家六口，一人一瓣，剩下两瓣，请过来串门的隔壁邻居吃。

吃西瓜，吐西瓜籽。西瓜籽落在青砖的缝隙里，发芽长叶开花。到了秋天，结出几个拇指大的淡青色小西瓜。家人将稻草覆在小西瓜上，宝贝一样看管。

等小西瓜长至拳头般大，摘下来，众人围着八仙桌，由祖母执刀切开西瓜，红色的瓤，吃起来硬邦邦的，味道实在不咋样。可是照样觉得欢喜。因为这是一家人一起，小心翼翼呵护长大的瓜。

　　说到酸梅汁，小时候喝到过一种玻璃瓶装的、浓度很高的果汁，兑水，冲成酸梅汤。十八岁的堂姐，在城里的工厂上班，作为夏日福利，工厂发了一箱酸梅汁。堂姐拎了两瓶送到我家。

　　一勺酸梅汁，兑一大搪瓷杯开水。那一杯酸梅汁，味道喝起来已经十分寡淡，可是不知为什么，在记忆中，总觉得那是天底下最好喝的酸梅汁。很多年以后，去高档餐厅酒店吃饭，服务员奉上夏日饮品，美其名曰：红粉佳人。一壶用乌梅熬制的酸梅汁，上面撒了桂花，加了冰块，冒着蒙蒙白汽。不知为何，这一杯酸梅汁的滋味，仍旧抵不上小时候喝过的那一杯。

　　小时候吃过的东西，味道总是最好的。我们的一生，一直在试图寻找和重返童年，去尝一尝小时候吃过的食物，只是纵然有一天，吃到一模一样的食物，也不再是记忆中的那个味道了。记忆令一杯酸梅汁，拥有了最好的味道。一生思之念之，永远也忘不掉。

　　最后，来说一说那碗绿豆百合汤吧。十年前，我住在禾平街的一间公寓里，楼上有位婆婆，每年夏天，隔三岔五煮一锅绿豆百合汤。

　　绿豆是菜市场一位老太太自家种的，晒干，粒粒滚圆。百合呢，挑了新鲜的百合，一瓣瓣掰开，洗净。一个垂暮的老人，一天的光阴，似乎只是为了慢条斯理煮一碗汤。而我每天过得兵荒马乱，每天到了饭点，只是胡乱、潦草吃一点，垫饱肚子就行。

　　婆婆煮的时候，特地多煮一碗，端下来送给我。并赠我八字箴言：好好吃饭，按时睡觉。

　　如今，已从禾平街搬走十余年了，可是我仍旧记得婆婆的绿豆百合汤，还有婆婆赠我的那八字箴言。年龄愈大，愈觉得老人家有大智慧。

　　日子早已经步入正轨，不再过得潦草了，并且懂得好好爱自己。万般皆可抛，唯有身体最重要。一个人若是自己也不疼惜、爱惜自己，那又怎么苛求别人来爱你？

　　夏天居家，煮一锅绿豆百合汤。绿豆和百合是在"本来生活"上买的，包着素色的纸袋，上面写了四个字：夏日清凉。

　　绿豆去火、除湿，百合略微有点苦——夏天吃一点苦的东西，于身体大有裨益。饮下一碗绿豆百合汤，顿觉舌尖上生起一股清凉，那清凉顺着喉咙，一路往下，驱除了五脏六腑的浊气，令一颗中年的心，得到慰藉。

八十多岁的婆婆，仍旧住在和平街的旧公寓里。婆婆腿脚不利索，有一次从楼梯上摔下来，幸好被楼下的一对小情侣发现，打120，送到医院。婆婆出院以后，请了一个小保姆。小保姆叫兰芝。夏天，兰芝一大早就去菜市场，买回来新鲜的百合，还有乡下老太太自家种的绿豆。

新鲜的百合买回来，洗净，一瓣一瓣掰开，莲花瓣一样浮在清水里。过往的光阴，也浮在眼前，历历在目。这一刻，婆婆面容平静，心底波澜起伏。

世上最爱她的那个人，已经离她而去。昔日相熟的邻居，也一个个搬走了。只留下她一个人，独自走在薄荷之夏里。

亲爱的读者，这就是我想要告诉你的，薄荷之夏的味道。薄荷之夏，它包含了人世的甜蜜和忧愁，诸种滋味，亦是我们五味杂陈的人生。

采桑子

欧阳修

荷花开后西湖好，载酒来时。

不用旌旗，前后红幢绿盖随。

画船撑入花深处，香泛金卮。

烟雨微微，一片笙歌醉里归。

　　荷花盛开后的西湖风光绝好。我家门前的荷塘也不赖。荷花开时，一个村子皆弥漫着荷花馥郁的香气。

　　夏天回乡下，不仅有荷塘月色可赏，还可以吃荷叶蒸鸡，煮糖水老南瓜。

　　多好的时光呀。

〔宋〕冯大有《太液荷风图》（台北故宫博物院藏）

荷花好香

1

我家门前有一个荷塘，是一个安徽人承包的。那个安徽人，租了村子里的几十亩水田，种荷花。

自从那个安徽人来到我们村子里，每年夏天回乡下，都有荷塘月色可以欣赏。

那个安徽人，看见别人摘荷花，会训斥一番，看见我摘荷花，非但不训我，还冲我笑。也许他觉得我是村庄的客人，故而对我格外宽大。

那个安徽人说，荷花摘掉了，藕就长不好。

我爸说，那摘点荷叶会怎样？

摘荷叶可以，不影响藕的产量。那个安徽人大度地说。

我爸摘了荷叶，倒扣在地上，叶柄朝天，像出鞘的宝剑。

我问我爸，晒这么多荷叶干啥？我爸说，做荷叶蒸鸡呀。夏天天气燥，荷叶可以去火。裹一只童子鸡，蒸一蒸，特别香。

三伏天，要吃童子鸡补一补，我爸对此笃信不移。小时候，每年到了三伏天，我爸就杀几只童子鸡给我们吃。现在，做给孙子、外孙女补身体。

小孩子嘛，要补一补，个儿才长得高。

我妈只有一米四七，我一米六二，我爸把这十五公分的身高差，归功于童子鸡。

实际上，两个孩子个子已经足够高了——女儿和侄子，一个一米六六，一个一米七。现在的孩子，营养均衡，哪会长得矮？

可是我爸振振有词，吃童子鸡补脑子，吃了会变聪明。

好吧，孩子们不忍心拂逆了他的一片好意，一人一个童子鸡腿。

香吧？

嗯，真香。

听了孩子们的话，我爸这个老小孩，露出得意的神情。

童子鸡是春天时从哺房里捉来的。我爸说外面养的鸡，吃的是饲料，肉质太松。自家养的鸡，吃的是稻米，肉质紧致。

我爸年纪愈大，愈来愈讲究。

吃自己种的蔬菜、瓜果。我家的小院，种了茄子、青椒、番茄、秋葵、蒲瓜、丝瓜，还有桃树、李树、梨树、砂糖橘树。

今年是桃子和李子大年。桃子李子多得吃不完。

春天，橘树开了一树细碎的白花，犹如撒了细雪。夏天，结了满树青果。

我爸说，别看砂糖橘个儿小，躬甜。

我爸这个农夫，一辈子拿着锄头干活。年轻时未免有过不甘心，老了，却开始留恋手中的这一柄锄头。

大地从来不会辜负劳作的人。撒下花籽就开花，播下种子就发芽，只要锄头锄下去，就会有收获。

我爸这个老头儿，有时说话像个哲人。

与草木、自然相处久了，自然而然得到许多领悟。

在自然中修行，是最好的修行。

一个人的脾气都会变得柔顺、平和。

每次回乡下，都像给心理做了一次深度 SPA，把五脏六腑的浊气驱除出去，呼吸、吐纳乡下的新鲜空气。

自从那个安徽人种了荷花，我家门前一年四季都有美景可赏。春天，荷叶团团，浮在碧水上。夏天，荷花朵朵，香气袅袅。秋天，一片枯枝横七竖八浮在水田里，犹如八大山人的水墨画。冬天，白雪覆在残荷上，寂静无声。

我爸说，乡下的空气也变得新鲜啦。

我爸每天早上会出门去荷塘边转悠一圈。今年的荷花开得迟，荷叶已经蹿得一人多高了，荷花才开了一两朵，大多还含着花苞。

可是香气极盛，好像掉进了一只蜂蜜罐子。

我爸不仅是个哲学家，还是个诗人、艺术家，时不时冒出几句文绉绉的句子。他给丝瓜、蒲瓜搭架，用的是白色的铁丝，绿叶覆在铁丝上，像织了一张网。丝瓜、蒲瓜垂下来，似一帧明清小品画。

今年的蒲瓜结得格外多、格外大，翠绿中夹杂着淡金色的花纹。我爸谓之"彩色蒲瓜"。

还有院子里的那一口水缸，蓄了雨水和浮萍。我爸捉了小鱼、青蛙放在水缸里。还插了一柄荷叶，青蛙跳到荷叶上，鼓着灯泡眼，呱呱呱唱歌。

我爸说，听，青蛙音乐会。

有一次，我看见他采了两个莲蓬，搁在客厅的木茶几上当清供。我爸这个老头儿，日子端的是过得愈来愈风雅了。

每次回乡下，我都会举着手机四处乱转。拍得最多的是荷塘。

春天的荷塘，夏天的荷塘，秋天的荷塘，冬天的荷塘，各有各的曼妙。

还有早上的荷塘，下午的荷塘，傍晚的荷塘。

早上的荷塘，像加了柔光滤镜，荷叶上滚动着露珠。

下午的荷塘，有点曝光过度。一朵白荷花，立于水中央，如一幅仕女图。

傍晚的荷塘，仕女有一点慵懒和倦意，风吹荷动，传来淡淡的幽香。

荷花的香气，如丝如缕，绵绵不绝。那一个个小小的花苞，裹着巨大的香气。一个村庄，沦陷在香气的迷魂阵里。

夕光中，一个人静静地在荷塘边伫立一会儿，亦觉十分沉醉欢喜。

呵，荷花好香。

2

我爸去荷塘里装九节网（一种捕鱼的网）。

荷塘里有鱼么？

没有，捉泥鳅。这网是九节的，泥鳅钻进去，再也钻不出来。一个晚上，能抓到五六条泥鳅，运气好一点，可以抓七八条。

抓来自己吃吗？

有时自己吃，大多给鸭子吃。

我爸待鸭子比待自己还好。

鸭子吃了泥鳅，亦不辜负我爸，生下青壳蛋、双黄蛋。

我家一年四季吃鸭蛋，鸭蛋都是我爸从乡下拎到城里的。一个竹篮，阔腹，小口，可以装三四十个鸭蛋。

有时下班回家，看见那个竹篮，我就知道爸又来过了。我爸总是匆匆地来，匆匆地回。

让他在城里住一段时间，他说，太气闷了，像囚犯。

我爸当了一年多保安，结果，腰椎坏掉，挨了一刀。我爸气哼哼地说，赚的钱还不够去一趟医院呢。

出了院，我爸铁了心回乡下。总之，八抬大轿抬他回城里，他也是不肯的了。

乡下多好，自由自在，种种菜，浇浇花，一天的光阴就过去了。

我爸扳着手指头，出院到现在，已经有四十五天了呢。时间真快啊。

一个乡下的老头儿，亦发出哲人的喟叹。

是啊，逝者如斯夫。每一天，都是生命中弥足珍贵的日子。

如果让我回到乡下，我会过一种怎样的生活呢？我思索着。

那一定和童年度过的乡村生活不一样了吧。因为在审美以及对生活的态度上，我都已经发生了改变。

但有一点是不会改变的。人生最重要的事情，就是顺从自己的内心，过自己想要的生活。

一种自由、纯粹、简单、朴素的生活。

这是我到了不惑之年才悟到的。

我一直以为，自己喜欢的是文艺、小资的生活。

就在不久前，我还对装修新房子满怀热情，对地板、地砖、橱柜的颜色、款式百般挑剔。

可是现在，我不再为这些事情烦恼了。脑子忽然间开窍了。

纵使住在乡下一间简陋的屋子里，用简单的器物，粗茶淡饭，布衣素食，过俭朴的生活，内心亦觉丰盈充实。

最好的时光，是与日月、山河、草木在一起，得到内心的平和与安宁。一片月光，一声虫鸣，一缕微风，一个荷塘，亦足以予人慰藉。

那一片月光，照耀过从前的人，亦照耀今世之人。

那一只蟋蟀，在碎石瓦砾里唱着欢歌。那一支歌，已经唱了一个春天、一个夏天，还要唱一个秋天。

那一缕微风，吹过旷野，吹过草甸，吹过青龙湾的河滩。它曾与童年的我耳鬓厮磨。当它吹拂过我脸庞时，是那么温柔、缱绻。

此刻，山河寂静，我一个人伫立在荷塘边。

不见荷花，只见接天的荷叶，如擎着的无数巨伞。

唯鼻间满是荷花的幽香。

荷塘边摇曳着狗尾巴草，一丛丛，一簇簇。童年的我，顶喜欢用狗尾巴草，偷袭别人，挠人痒痒。那些狗尾巴草，还认得我么。

我凑近一株，轻轻地与它对视。它也轻轻地摇摆，仿佛在和我打招呼：

喂，你好啊，亲爱的。

喂，你好啊，亲爱的。

旷野响起了回声。

荷塘边还有一片芋芳田。碧绿、阔大的叶子，蹿至一人多高，犹如热带植物。

我爸说，这一片芋芳田，施的是有机肥，那株桃树下也埋了鸡粪。难怪我爸的桃树，结的桃子又大又甜。

我爸悉心照顾、呵护蔬菜、瓜果，犹如呵护自己的小儿女。

夏日，沉瓜浮李，瓜棚架下、香瓜地里，到处弥漫着醉人的香气。

我爸去香瓜地里摘了几个香瓜，青皮绿泥。我凑近香瓜蒂闻一闻，真香啊，几乎和童年的香气一样。

童年的夏天，最喜欢吃香瓜。我爸每年开辟一小块地，种香瓜。香瓜秧是自己培育出来的。埋在草木灰里，盖上一层塑料膜，没几天，就长出淡青色的香瓜秧。

乡下的一切，似乎皆可自由催生、孵化出来。

春天，哺房里孵出鸡雏，花母猪生出一窝小花猪，猫妈妈生出一窝小猫，甚至有一天，我家的抽屉里，出现了一窝粉嘟嘟的老鼠崽。

我妈很淡定地拎起老鼠尾巴——没有人尖叫，也没有人觉得恶心。粉嘟嘟的小老鼠，多可爱啊，甚至有片刻工夫，我妈生出了仁慈之心，想把那窝小老鼠当宠物养起来。

不过，最终理智战胜了情感，我妈还是把那窝小老鼠扔掉了。

仍旧来说香瓜。香瓜秧种到地里，吃了几场雨水，爬出藤蔓，开出淡黄色的小花，结出淡青色的小香瓜。小香瓜藏匿在叶子底下，不仔细就瞅不见。

等到有一日掀开叶子瞅见了，哎哟喂，不得了，已经是个大香瓜了。摘下来，擂起拳头，嘎嘣一下，香瓜裂成两半。香瓜的瓤和籽，滑腻腻，甜滋滋，舍不得吐掉，一起吞入腹中。这才咂咂嘴，心满意足地走出香瓜地。

天空湛蓝，白云缱绻，这一刻的甜蜜和满足，一生不复有。

我妈从乡下背来一袋茄子、两条蒲瓜。一进屋子就说,这鬼天气。

她搬了个木凳子,坐下来吹空调,皮沙发太热了,木凳子凉快。

过了一会儿,她去储藏室拿出一条席子,铺在地上,木凳子也太热了,地板更凉快。

好吧,我扔给她一个枕头,她枕着枕头呼呼大睡。

想起小时候的夏天,每天午睡,就在我家厢房的青砖地上铺一张竹席。一把蒲扇,扇得呼呼响。再后来,我家盖了楼房,厢房的地换成了水泥地。那一张竹席,也变成了篾席。头顶悬了一架电风扇,呼呼呼,吹出阵阵凉风。

那是记忆中的清凉之夏。一张小竹椅上,有一个绘了牡丹花的脸盆,脸盆里装着井水,浸泡着黄瓜、番茄、香瓜。午睡醒来,从脸盆里捞一根黄瓜,嘎嘣嘎嘣嚼。

番茄是爆浆番茄,吃得汁水四溅。番茄多得吃不完,切成块,撒一把白糖,做成糖水番茄,亦十分好吃。香瓜是青皮绿肉瓜、伊丽莎白瓜。香瓜的瓤和籽,滑腻腻的,可是贼甜,一股脑儿吞入腹中。

心中微微有点忐忑，唯恐香瓜籽在肚子里发芽、开花。

夏日的午后，祖母会取一只红彤彤的老南瓜，挖去籽，切成块，在灶头煮一锅，放一勺红糖。老南瓜煮得酥烂，盛在蓝边小花碗里，一人一碗。我和弟弟抢南瓜柄，不知为何，南瓜柄吃起来又甜又糯，似乎一个南瓜的精华，皆聚在南瓜柄上了。

我和弟弟在屋子里追来逐去，祖母沙哑的嗓子喊着，小心点，别摔着了，这一次，小明子吃。

弟弟笑嘻嘻擎着南瓜柄，冲我做个胜利的手势。我趁他不备，一把又抢过来。

弟弟哇哇大哭。祖母的训斥声响起：小橘子，你忒不懂事了。你是姐姐呀，要懂得谦让。

祖母一千零一遍给我讲孔融让梨的故事。

我嘿嘿一笑，孔融是弟弟，弟弟让姐姐，天经地义。

祖母一脸无奈。

祖母宠溺我们，但似乎对弟弟更宠爱一些。也许并不是，我有时觉得祖母更宠的是我。我与祖母待在一起的时间更为长久，几乎从记事起，我就和祖母在一起。

夜里，我和祖母睡在架子床上。放下龙凤挂钩，尼龙帐子挂下来，垂下长长的帷幔，像一个秘密花园。

我在这秘密花园里，听祖母讲迢迢银河，牛郎织女的故事。

祖母手中的一柄蒲扇，咿咿呀呀摇着，像哼着摇篮曲，我渐渐地进入了梦乡。

祖母的蒲扇，由棕榈叶晒干所制，镶了一圈蓝色的布条，上面

写了三个字：吕阿弟。

　　吕阿弟是祖父的名字。小时候，乡下的一切物品，皆写上名字。一只花碗，一根扁担，一条长板凳，都写上了主人的名字，轻易不会丢失。

　　一柄蒲扇，亦是十分珍贵的。有一则顺口溜，说的就是扇子：扇子扇凉风，扇夏不扇冬，有人向我借，要过八月中。意思是，这一柄扇子，是不肯借给你的，如果你想借，过了八月中旬吧。盖因到了那时，天气已经凉了，想必你也不会再向我借了。

这是乡下人的狡黠与世故。

乡下日月长。长日漫漫，百无聊赖。夏日，知了在窗外聒噪，吵得人心烦。祖母摇着一柄蒲扇，与我们说着从前的故事。祖母说，她有个弟弟，一岁多时，夏天她爹爹和姆妈去田里耘苗（拔掉杂草，让禾苗长得更齐整些），把弟弟放在田埂上，等耘到田头一看，弟弟已经昏迷不醒了，满脸汗珠。

那些汗珠，凝结在一起，像珍珠一样，一颗颗足足有豆子般大。

祖母说时，面色平淡，仿佛在说别人的事情。这一个弟弟，一岁多就夭折了，想来并没有引起父母太深的伤感。（从前的人，生下七八个孩子，夭折一两个亦是常事。）

可是惊惧永远留在祖母的脑海里。到了夏日，祖母不许我们跑出去，不许离开她的视野。祖母说，夏天的太阳毒，会晒死人。河里有水怪，专门抓小孩子。

太阳毒，我们是尝到过它的威力，晓得它的厉害的。至于河里的水怪，我们才不怕，我们偷偷溜出祖母的胳膊弯，去小河里游水。

小河旖旎，倒映着天光云影。小河里的水，泡起来像温泉。我们拿着一个木脚盆，在水中扑腾，学游水。渐渐游到小河中央。

祖母迈着小脚来到小河边，手持一支竹篙，不声不响，把我们往小河对岸推。

祖母你干吗？我们惊叫。

下次还偷偷出去不？还游水不？

祖母的竹篙愈发用力了。我们只好求饶，祖母祖母，我们下次再也不敢了，快让我们上岸吧。

祖母这才用竹篙点着木脚盆，把我们拉上岸。

两只落汤鸡，瑟瑟发抖地上了岸。

我们不知，慈爱的祖母，为何会如此发狠。

很多年以后，我们才晓得，大姑妈有个小儿子，五岁时掉进河里淹死了。大姑妈痛失爱子，哭得眼睛几乎瞎掉。

祖母把那个孩子，葬在青龙湾。每次，大姑妈去坟地上看小儿子，都要路过青龙湾，祖母每次都在半路上截住大姑妈。大姑妈去一回，祖母拦截一回。

祖母哑着嗓子喊，美宝，你去哪儿。

大姑妈嗫嚅着，我去地里。

祖母说，青龙湾没有你家的地啊。

大姑妈恨恨道，妈，你怎么这么歹毒，不让我去看红兵。

祖母说，这是命。红兵没了，还有红星呢，你要振作起来。

红星是我的大表姐。大姑妈忽而悠悠醒转过来。

大姑妈扑到祖母怀里哭了一场，妈，我的命怎么这么苦啊。

祖母轻轻拍着大姑妈的背，温柔地说，死去的人，再也不能复生，活着的人，得好好活下去。

大姑妈晚年，大表姐十分孝顺，两个外孙女，淑琴和宇琴，也都聪明乖巧。淑琴生了个大胖儿子，大姑妈笑得合不拢嘴，无比宝贝这个外曾外孙。孩子叫沈念，名字是大姑妈取的。

大姑妈一生一世，仍念着那个孩子。

我的学游水无疾而终。然而愈是禁止什么，愈想要做什么。毕业以后住到城里的第一个夏天，我专门去游泳馆请了私教，学会了蛙泳，姿势、动作皆十分标准。

夏天去游泳馆，阳光从天花板上的透明玻璃窗子里落下来，映照在天蓝色的池壁上，发出炫目的光。

当我像一条鱼，悠然浮在水上时，我想起了童年的夏天，想起了祖母。

夏日的夜晚，我们睡在晒谷场上。拎两桶井水，把水泥地浇凉了，用两个长条凳，放一张竹榻，支一顶尼龙蚊帐。

我们睡在这帐子里，星空下。浩瀚的宇宙，无垠的星空，就在我们头顶。一颗流星，滑落在青龙湾的河滩上。我们在一场青蛙音乐会中，入梦，安眠。

梦里不知身是客。三十年时光，邈然远逝。我在这小城的一间公寓里，怀想童年与夏天。

亘古的夏日，不灭的繁星。

那是我一生一世忘不了的。

又及：

前几日，在公众号里发文，有读者留言，提及薄荷之夏，随手记了一篇。读者复我：

薄荷之夏，是我昨天留言时提及的。很高兴你可以写写她。虽然昨日我提及她时，心中已有差不多的答案了。

可是用古老的文字写在纸上时，心中还是很为动容。有次在弟弟的作业上看到了一篇文章，觉得好玩极了，题目就很好玩，叫《夏》。其文为："溽暑蒸人，如洪炉铸剑，谁能跃冶？须得清泉万派，茂树千章，古洞含风，阴崖积雪，空中楼阁，四面青山，镜里亭台，两行画鹢，湘帘竹簟，藤枕石床：栩栩然，蝶欤周欤，吾不得而知也。"

最后呀，愿君安好。

想必这位读者是个雅致、博学之人。《夏》，我第一次读到，顿生清凉之心。

暑热难耐，哪里有凉快的地方？古人谓我，有呀有呀，清泉、古树、含风的古洞、积雪的山崖，还有空中楼阁、四面青山、镜里亭台、两行画翰、湘帘竹簟、藤枕石床，这些个地方，都是好去处呀。

古人没有空调，然而这些地方，比起现代的空调房并不逊色，况且还是自然之所，比氟利昂所制的冷气更舒适些。

现代人度夏，若没有空调，怕是一日也过不下去吧。

大伏天，蜗居在家里，从早到晚吹冷气，吹得涕泪滂沱。

除此之外，似乎别无他法。钢筋水泥，摩天高楼，到处是呼呼旋转、轰鸣的机器。烈日炙烤着大地，空调外机吹着热风，把一座城市，变成了一个大火炉。

古人所说的那些自然避暑之处，再也难以觅到。

只好读一读古人的诗文，聊以消夏。

千秋岁·咏夏景

谢逸

楝花飘砌。蔌蔌清香细。梅雨过，
蘋风起。情随湘水远，梦绕吴峰翠。
琴书倦，鹧鸪唤起南窗睡。

密意无人寄。幽恨凭谁洗。
修竹畔，疏帘里。
歌余尘拂扇，舞罢风掀袂。
人散后，一钩淡月天如水。

　　谢逸这首词勾勒出一幅夏日美好生活图景。伏暑天气，人们白日闭门避暑，夜晚摇着扇子纳凉，好不惬意。

　　夏天的好辰光，于我而言就是回乡下，吃自家小院种的时令鲜蔬，煮一锅老鸭煲，剥一碗毛豆荚、菱角，尝一尝记忆中儿时的吃食。

〔宋〕佚名《柳塘泛月图》（故宫博物院藏）

夏天的吃食

天热，吃不下荤腥，每餐翻来覆去吃的不过是几样蔬菜：茄子、冬瓜、蒲瓜、丝瓜。

皆是我妈从乡下背来的。

故园的茄子，一小畦，长在房前屋后，似一帧小品。

一株茄秧，开了紫色的花，垂下长长的紫茄子。

茄子从夏初吃到秋末。大伏天，茄子长得有些老了，左一个疤，右一个疤，模样也甚是难看。

我妈说，茄子老了，不太好吃了。能吃就吃，不能吃就扔掉吧。

当然舍不得扔掉。中午，电饭煲炊饭的时候，在蒸架上蒸几个茄子。米饭炊熟了，揭开电饭煲，用筷子夹出茄子，放到碗里，倒入麻油、酱油，做凉拌茄子。

这是小时候的吃法。

小时候在乡下，一个灶头，一个蒸架，炊米饭的时候，什么都往蒸架上扔，毛豆荚、茄子、土豆、薹心菜……一个蒸架，摆得满满当当。揭开锅，各种诱人的香气。

一碗白米饭，配着几样乡间的素食小菜，一样吃得津津有味。

长夏，毛豆荚上市。装一碗毛豆荚，撒点盐，放到蒸架上蒸熟，可以当零食吃。这么多年过去了，每次吃到毛豆荚，我总是无法餍足。

春天时摘下小青菜抽出的嫩茎，晒干，撒了盐，放在瓮里，压结实，再封上春泥，薹心菜便腌好了。

夏天，再把薹心菜捞出来，金灿灿黄澄澄。去小河边洗净，剁碎，撒一点红辣椒圈，倒两勺菜籽油，蒸一蒸，是无上的美味。但凡桌上有一碗薹心菜，那一顿饭，人人吃得有滋有味，喜上眉梢。

我妈每年仍腌制薹心菜。我告诫她，年纪大了，少吃一点咸菜。

我妈说，夏天疰夏，不吃一点薹心菜，吃不下饭。

吃了一辈子的东西，哪里能够轻易舍弃？

有一次，我妈用可乐瓶装了一瓶薹心菜带到城里，被我"训斥"了一通：妈，塑料瓶有毒。

我妈甚是委屈，如今你变成城里人了，忒讲究。小时候还不是每天吃这个有毒的东西，照样健健康康长大。

不过，下一次，我妈就把薹心菜装在玻璃瓶里，用一只木塞子封牢，还系了一条紫色的绸带。

这瓶薹心菜，是有颜值的薹心菜。

我瞅着这瓶薹心菜，忍不住掉下眼泪。

这瓶薹心菜，藏着一个老母亲的深情与挚爱。

夏日，早上喝粥时，佐以一碟薹心菜。一碗白米粥，吃出了旷世的滋味。

佐粥佳品，还有咸鸭蛋。春天时灰的咸鸭蛋，这时候已经腌好了，沁出一汪晶亮的油。

小时候，夏天的傍晚，煮一大锅白米粥、六个咸鸭蛋。白米粥盛在绘了牡丹花的脸盆里，凉透。一张八仙桌，搬到晒谷场上。用井水把晒谷场冲凉，一家人，围在八仙桌上喝粥，一人一只咸鸭蛋。咸鸭蛋磕碎一头，用筷子一点点挖着吃，挖到蛋黄，小心地吮，简直比蟹黄还美味。

如今想来，一家人围坐在一起的时光，亦是一生中最好的时光。

至今，我仍喜欢吃咸鸭蛋。在"本来生活"上买了高邮的咸鸭蛋，剖成两半，放在青花小碟子里。青花小碟放在木架子上，另有包子、白糖糕、萝卜干、豆角、腐乳、雪菜、小番薯、虾饺。一顿早餐，九宫格，琳琅满目。

我妈说，做死腔。我妈不喜一切华而不实的东西。粗茶淡饭，布衣素食，才是生活。

从前，我总觉得我妈太过无趣，现在，细细思索，觉得我妈说得甚有道理。花团锦簇的人生，到底有几分虚幻。一日三餐四季，脚踏实地过日子，才是最真切、实在的生活。

生活的滋味，在于一餐一饭，每一天光阴，都不虚度。倾尽宇宙之力，去做一餐饭。

有一阵，我特别讨厌进厨房，觉得每天花那么多时间，做一顿饭，简直浪费时间、浪费生命，心里烦躁至极。但是渐渐地，我喜欢上了厨房。

伫立在水槽边，切一把香芹菜，一碗豆干丝、肉丝，油锅烧开，豆干丝和肉丝煎一煎，香芹菜倒下去，炒一炒，一屋子皆是香气。还有米饭的香、红薯的香、南瓜的香……我久久地沉醉在食物的香气中，觉得人世美好且欢愉。

于是一日日，沦为家庭煮妇。

夏日居家，煲一锅老鸭汤。老鸭是菜市场买来的，杀好洗净剁成块。那个卖鸭的人说，鸭头你真的不要了么，有鸭舌哦。

不要了哦。

我提着老鸭匆匆回家，放在清水里煮，撇掉浮沫。再把老鸭块夹到砂锅里，放青笋干、枸杞、红枣煲汤。屋里空调冷气飕飕，砂锅噗嗤噗嗤作响，冒着白汽。

我坐在沙发上，捧一本小说，守着一锅汤。这一刻，心中无比自在、妥帖，亦有惊天动地的美。

用电炖锅，炖一锅老南瓜。老南瓜去掉皮，切成块，放一块老冰糖，倒入农夫山泉。待老南瓜在炖锅里翻滚至软烂，揭开锅，盛到青花小碗里。吃起来又甜又糯，一些渣子也无。

吃剩的老南瓜，放在冰箱里。午睡醒来，吃一碗冰镇老南瓜。冰冰凉，透心凉，味道无与伦比，这亦是夏日的甜品。

我妈总是讶异，你做的吃食，口感怎么这么好？

我也不晓得，大约是小时候经常与祖母在一起，得到了祖母的秘传。祖母喜食老南瓜。我炖的这一锅老南瓜，就是按照祖母的法子所制。还有小青柠甜酒酿、桂花酸梅汁，皆是以祖母的法子为本，又改良后制成。

那些记忆中的味道，丝丝缕缕，绵绵不绝。

那些繁茂的日月、乡下的光阴，仿佛又回来了。

那些平凡、寻常、朴素，来自童年的食物，予人的慰藉是最深的。

南
湖
菱

打开"饿了么"下单买菜，看到吉水农贸市场有南湖菱出售，贴了三帧图片，并有附注：刚刚上市，当天现采，百分百新鲜。

暗自寻思：菱角这么早就上市了么？又一想，马上就立秋了呀，菱角是该上市了。

遂下单买了一斤，十九块九毛八。价格么，貌似有一点小贵。

可是不管，想吃菱角哩。

快递小哥送到家，去厨房水槽里哗啦啦倒出来一看，呀，怎么长角了？

心里略有点不爽，不过很快就释然了，因为剥开一个尝一尝，甜甜的，嫩嫩的，吃起来还是南湖菱的味道。

南湖菱的味道，是怎样的呢？这个么，说不出来，不是苹果，也不是桃子。南湖菱的味道，就是南湖菱的味道。当你吃到了，你就明白了。那是一种与苹果、桃子截然不同的味道。入口时略微有一点涩，可是回味起来，却是满满的甘甜。

一种烟雨迷蒙的江南的味道。

小时候吃到南湖菱，一点也不稀奇。有什么可稀奇嘛，不过是乡下一样寻常的吃食，就像土豆、番薯一样。

有一天，课本上读到南湖菱，说是我们这里的菱角，状若元宝、无角，为别的地方所没有，据说乾隆皇帝吃过。

啧啧，这菱角，还是皇帝吃过的呀。遂引以为珍奇。

不过心底下诧异，果真只有我们这个地方的菱角不长角么？

为啥它不长角呢？

也许是水质的缘故，又或许是品种不同。很多年以后，我去别的地方，见到的菱角果然都是有角的，并且颜色也不一样。有一种水红色，长了老牛一样的犄角的，叫红菱。

只有故乡的菱角，元宝一样可爱、浑圆，碧青色。叫南湖菱，也叫小青菱。

我喜欢小青菱这个名字。因为这名字，总觉得那菱角，到了夜里，会幻化成一个身穿绿罗裙的姑娘，名字叫小青。

碧波荡漾，清澈见底，轻轻用手掬起一捧，可以直接饮。小时候，我们就是这样以手当碗，小牛一样在小河边，咕咚咕咚地饮水。

这样清澈的水，如今只在梦中相见了。这个夏天，我去千岛湖，看到那一湖碧波，只觉时光倒流，回到了童年。

当地的人告诉我，千岛湖的水，可以直接饮用。拿一只木桶，吊一根绳子，垂到水下四五十米处取水，取出的水是清甜的。所以有一句广告词说，农夫山泉有点甜。

记忆中，小时候喝到的水，也有那么略略一点甜。也许记忆过滤掉了不好的，不美的，做了柔光处理。隔了二三十年，回溯童年，一切朦朦胧胧，如梦似幻。

故乡有个湖，名字叫麟湖。盖此地出现过麒麟，乃祥瑞之兽。有个古渡口，渡口的老爷爷，说是在瓜地里看见过灵兽。四脚伏地，头上长了犄角。灵兽听到风吹草动，身子一闪，没入草丛深处不见了。

众人以为老爷爷说的是奇谈。老爷爷摸了摸白胡子，默不作声。

我总疑心，那个白胡子老爷爷，是天上的神仙。

春天，麟湖披上了一条油绿色的毡子。菱秧撒下去，长出了菱形的叶子，青碧可喜。人们用木桩子把菱秧围起来，像一个"羊圈"。

但总有调皮、不听话的菱宝宝，从"羊圈"里钻出来，沿着小河，一路流浪。

在河阶上淘米、洗碗，远远看见一株菱秧漂来，立马取来一根竹竿，捞起菱秧。青碧的叶子底下，结了淡青色的小菱角，指甲般大，掐开来，尚只有一泡水。

把捞上来的菱秧扔到院子里的水缸中。再捞一株荷花、几条小鱼放进去，那只水缸，俨然成了小院的一道风景。

童年的我，已然是个造景师。蹲在水缸旁，看那一株粉荷，亭亭从水缸里探出身来，宛如出浴的仙女。心里美得不行。

那一株菱秧，被小河边的一个个孩子捞起，扔掉，再捞起，再扔掉，像一个漂流瓶。

秋天，菱角上市时，妇人划了菱桶，滑入菱花深处——椭圆的菱桶，仅可容一人乘坐，况且菱桶晃晃悠悠，一不小心就会侧翻。可是那妇人端坐于菱桶中，稳稳当当。

妇人的手指，飞快、熟稔地摘着菱角，扔进桶里。不一会儿，菱桶往下沉去，已足足装了大半桶菱角。

妇人上了岸，把菱桶也拉上岸。换了一身蓝布衣裳，拎着两只木桶，去菜市场卖菱角。

黄昏，小镇的菜市场门口，蹲着卖菱角的妇人，还有小山似的菱角。

赶晚集的人，围着妇人，两斤三斤地买，顷刻间，菱角销售一空。

菱角是时鲜。刚从水里摘下来的菱角，剥了壳，煮一煮，鲜嫩可口。说来奇怪，菱角隔了夜，就变老了，鲜味尽失。不知这又是何故。

菱角好吃，生吃熟食皆可。我喜欢生吃，新鲜的菱角吃起来甜甜的、脆脆的。

我妈买了菱角，坐在廊檐下一只只剥。她用牙齿轻轻咬去蒂，再用大拇指和中指往两边一剥，一只雪白的菱角就剥出来了，扔进蓝边花碗。

我妈一边剥，我一边吃，像一只守在边上的馋猫。

我妈敲了我一记脑袋，笑嘻嘻地说，贪吃鬼。

菱角倒进锅里，用油煸一煸，撒上一把葱花，一盘菜做得宛如白玉翡翠，端到八仙桌上，几双筷子抢着夹。

菱角嫩时，清炒为宜。吃起来甜甜的、糯糯的，到了嘴里，渣子也无。

菱角老了，可以煮菱角饭。小时候，我最爱吃菱角饭，每次我妈煮菱角饭，我能吃下三大碗。除了菱角饭，我还爱吃咸肉菜饭、豆瓣饭等各种花色饭。

一碗白米饭，多寡淡啊。就是用酱油拌一拌，茶水淘一淘，那滋味也要好多了。总之，童年的我，无比迷恋酸甜苦辣人世诸多滋味。

当有一天，尝遍了山珍海味，回过头来，却觉得一碗白米饭最珍贵。

世上永远吃不厌的，唯独那一碗白米饭啊。

白水青菜，一盘菱角，清简吃食，素净流年。多么好啊。

中午，煮了一锅白米饭，用的是华诚家"父亲的水稻田"出产的大米，煮的时候一屋子香气。华诚寄来时，还特地赠了一幅他父亲写的字：好米知时节，正味与君赏。

这一碗白米饭中，亦有着世上一个父亲的恩慈。

草木山河，故土旧人，哪一样不脉脉含情，令人心醉？

小时候的端午节，集市上有卖菱角的老妇，那是隔年的菱角，从淤泥底下挖出来，用一根红丝线串成一串。菱谐音"灵"，大约因了这谐音，乡人在小孩子身上系一串菱角，祈愿小孩子可以聪明、灵光一些。

我妈在我身上系了一串菱角，走路时叮叮当当，发出悦耳之声。

过年时，有老菱角吃。老菱角真的长了两只角耶，像老牛的角一样，朝两头弯。

我妈买来一串老菱角，摆在八仙桌上，给祖宗们吃。凡是祖宗吃过的东西，小孩子吃了，可以得到祖宗的庇佑。因此，拜过祖宗，母亲把菱角分给了我和弟弟。剥开来，里面的肉甜津津的，很有嚼劲，吃起来有点像板栗。

有时，母亲也煮一锅老菱角。一口大铁锅，置于煤饼炉上，呼呼地冒着白汽。

仍旧来说新鲜的南湖菱。我看着买回来的菱角发了愁,怎么剥呢。用刀劈开,用剪刀剪开,似乎都不得其法。

剥菱角还是得用牙齿,咬掉突出的蒂,再把两边的壳剥掉,很快就剥出了一只白白嫩嫩的菱角。塞进嘴里,霎时,一股清甜的滋味,裹挟着童年的记忆而来。

隔了二三十年,那味道仍旧是小时候的味道。

故乡的菱角。童年的菱角。

辑三　月是故乡明

清平乐

晏殊

金风细细，叶叶梧桐坠。

绿酒初尝人易醉，一枕小窗浓睡。

紫薇朱槿花残，斜阳却照阑干。

双燕欲归时节，银屏昨夜微寒。

晏殊的这首词，描摹了秋天的况味：秋风细细，梧桐飘落。小窗里的人在酣睡。紫薇花、朱槿花凋谢了，斜阳照在栏杆上。

立在人生之秋，告诫自己，把每一个日子当作良辰。

日日是好日。

每一天，都须珍之爱之。

永葆一颗欢喜心，清简度日，好好生活。

〔宋〕苏汉臣《靓妆仕女图》（波士顿美术馆藏）

立秋小记

1

刮了一夜的台风，下了一夜的暴雨。

早上台风过境，天空碧蓝如洗，云彩瑰丽。

台风肆虐过的小城，一片安详宁静，小鸟在窗外叽喳，蝉声炽烈。一切恢复如初。

打开紧闭的门窗，让新鲜的空气流淌到屋子里。坐在靠窗的沙发上，沁人的风，一阵阵吹来，有了一丝清凉。

立秋已过，气温仍居高不下，然而万物有了慵懒与倦意。园子里墨绿的叶子，微微蜷曲发黄，仿佛听到了秋声，不再肆意生长、繁茂蓊郁。

白日，蝉声仍旧喧嚣，一波一波，如海浪起伏。夜里，蛙声响起，浮于梦境之上，声音亦比之前遥远和微弱了一些。

凌晨，被一阵声音惊醒，似警报，又似汽车喇叭，呜呜呜，绵长而尖厉，持续了几分钟。以为是幻听，摸到床头柜上的手机，打开，看见小区业主群里有人发问：台风过去了，拉什么警报？

声音忽而戛然而止。

睡意却被打消了。起身，在黑暗中静坐。远处传来汽车马达的轰鸣，水果市场的运输车、工程车，趁着白日尚未到来，快马加鞭，运输物资。这一座小城，时时刻刻有忙碌奔波的人。

人到中年，睡眠质量变差，再不似从前，一觉到天明。如今稍有风吹草动，即很容易惊醒。

独坐幽窗，黎明将至，这才回到床上，睡意渐渐袭来。

早上起来，洗脸、刷牙，喝一杯柠檬水。坐在餐桌前喝一碗白米粥，吃一只咸鸭蛋。孩子用早餐机做了水煮蛋、三明治，喝了一杯牛奶。

吃过早饭，孩子去上补习课。这个暑假开始，孩子自己乘坐公交车去上课。一开始有点担心，带她坐了两天公交车，她嫌我烦，更嫌我走得太慢。妈，你这样慢腾腾的，每次都令我迟到。于是不再送。

回来时，中午天气太过炎热，会坐车去接她。

有时，去新房子转悠一圈。量橱柜，看工人刷墙。拍院子里的一只黑猫。那只黑猫，从栅栏里钻进来，徘徊在窗子底下。圆溜溜的眼睛，一直盯着我看。我也盯着它看。

一人一猫，窗内窗外，就这样怔怔地互瞪了半天，好似在比赛，谁先眨眼睛，谁就输掉。最后我输掉了，先眨了眼睛。打开窗子，想逗弄逗弄黑猫。黑猫很傲娇地离开了，小小的身影，钻过栅栏，很快消失在浓荫尽头。

院子里栽了一株榉树，枝干笔直，叶子稀疏。刚栽下时，用几

根木棍支撑着，如今已摇曳出一片淡淡的绿荫。

门口的花坛里，种了紫荆、六月雪，还有一种会结青果的树，满枝青果，一串串，甚是可爱。

一个人在院子里徜徉、发呆，不觉寂寞无聊，只觉时间飞逝。

弗尼7的小彦打电话来，让我有空去店里。小彦帮我争取了特价单，买全屋家具，赠送窗帘。

小彦说，姐姐，你给我们写了一篇文章，老板很高兴，说是谢谢你。

很喜欢那家店，也喜欢设计师小彦。因她总是耐心地陪着挑选，并且提出很多中肯的意见。

信任她，所以家具、窗帘、灯具，皆让她帮忙挑选。

人与人，有着神奇的缘分。有的人一见就觉得欢喜。大约小彦与我，就是这个样子的。今天去店里，因是周末，人特别多，她有点忙不过来。我让她先接待别的顾客。然后，我坐在转角一个沙发上等她，小彦给我拿了一条薄毛毯，说是空调打得低，膝盖上盖一下。

小彦就是这样细心、体贴。

小彦是广东人，开一辆很拉风的越野车，说话大大咧咧，性格有点像男孩子。她是这家店的店长，手下有四五个人。每次去，都听见她的大嗓门，张罗着一堆事。

小彦给我挑选的家具，只有黑白灰三色。小彦说，姐姐，简单就是美。

小彦挑选的，亦是我所喜欢的。

人生到后来，不过是删繁就简。

吃简单的食物，用俭朴的器皿，过朴素的日子。

无扰心之事，亦无扰心之人。

愈来愈喜欢素心清净的日子。

这个夏天，我几乎一直待在家里，每天洒扫，整理屋子，洗衣，做一日三餐。穿一条洗得发白的棉布裙，偶尔趿着一双拖鞋下楼去扔垃圾。

走到小区门口的丰巢柜，取快递。

日子过得惬意、懒散。

傍晚，去游泳馆游泳。夏天人多，游泳池像下饺子。我通常在傍晚时分，别人上岸的时候过去，下水，在中间泳道，一口气游八百米。阳光穿过游泳馆的玻璃天花板，落到水中，照在天蓝色的池壁上。这时候，我感觉自己像一尾鱼，逐着光束。那一刻，自由自在，十分惬意，仿佛抛开了一切束缚。

自由自在的感觉真好。

上岸，洗澡，换上白 T 恤、麻布裙，顶着一头海藻似的头发回家。

屋子里冷气飕飕，一边吹着冷气，一边吃一客冰淇淋。看天边瑰丽的云彩，层层叠叠，粉红、烟灰、淡蓝，勾勒出一个美丽的黄昏。

这样的时刻，亦为我所喜欢。

小城之夜，升起一片璀璨灯火。去楼下散步，抬头，一弯月亮从灰蓝色的云层里钻出来。淡淡风姿，皎皎光华，令人无端地生出感慨，今晚的月色真美啊。月亮和星空，一直在我们头顶，只是我们惘然不知罢了。

2

在"饿了么"上下订单，专门有外卖小哥，帮忙到农贸市场买菜，再送过来。绿叶蔬菜、时令果蔬、鸡鸭肉类都能买，鱼虾送到家里还是活蹦乱跳的。

今天买了六月黄、花蛤、香芹、豆干、瘦肉丝，还有一小袋葱姜蒜、小红辣椒。六月黄在锅里清蒸；花蛤煮汤，切了姜丝，放一小勺盐，煮至奶白色，再撒一把葱花；香芹洗净，切段，跟豆干一起炒肉丝。几个菜，一会儿工夫就做好，热气腾腾端上桌。又调了一碟南湖醋。

女儿爱吃六月黄，膏多。花蛤肉质很鲜美，可以煮汤，也可以红烧，花蛤煮至张开壳后盛起，蒜头拍碎，在热油里煎一煎，放入花蛤，倒入生抽，炒匀，再切一个小红辣椒，撒在上面。

香芹真香啊，用来炒香干和肉丝，好似山野的清气，都在这一盘菜里了。

小时候不爱吃香菜、芹菜，觉得它们有一股怪味。长大了，倒是贪恋那一股怪味。女友来我家，吃到香芹豆干炒肉丝，吃了一碗饭，说是从来没吃过这么好吃的菜，不知不觉就过了界。女友为了保持苗条的身材，平日每餐只食一小勺饭。

南瓜是我妈从乡下背来的。一个大南瓜，切成十几块，用保鲜膜包好，冻在冰箱里。想吃的时候，取一块，切成小块，放在蒸锅里蒸熟。今年的南瓜品种特别好，吃起来又甜又糯。

女儿喜欢吃南瓜，天天吃也吃不厌。一个南瓜吃掉了，女儿说，让外婆再送一个来。

外婆听了，满心欢喜。说是今年的南瓜品种好，留一些种子，明年再种。

丝瓜、南瓜、香瓜的种子，留下来，隔年，育出嫩苗，种到地里。

我妈在小院里种了一株无花果，结了许多果子。她说，等无花果熟了，就摘一些到城里。

自家种的无花果吃起来有一股青草气，我小时候也不喜欢吃。现在，却爱上了。太浓稠、甜蜜的东西，似乎吃多了会发腻。倒是这种寡淡无味的，细品之下，别有一番滋味。

譬如从前喜欢饮橙汁、西瓜汁，现在，却爱上了白开水。觉得白开水好喝，特别甘甜，解渴，亦于身体有益处。

食物亦如此，本味就很好。一道菜，水里煮一煮捞起来，清清淡淡，保留了食物本来的味道，最是好吃。

　　女友送了我一瓶香菇精，是用香菇磨成的细粉，炒菜时撒上一点，吃起来味道亦很美。不是多么珍贵的食材，可是取自天然，用心烹制，吃起来就有一种特别的味道。

　　一把空心菜，一棵西兰花，娃娃菜，秋葵，蒜薹。每天，翻来覆去不过几样菜。这时节，添了迟毛豆（秋毛豆）。田埂上的毛豆，结了荚，一片碧绿霄青。这一拨毛豆，栽得迟了，因此叫迟毛豆。

　　迟毛豆剥掉壳，放点油和盐，蒸一蒸就很好吃。除了迟毛豆，还有苋菜秆、霉豆腐。小时候，老屋里有一个臭卤甏，爷爷早上去赶集，买两块白豆腐，放进臭卤甏里，再放几段苋菜秆，中午时捞出来，放到蒸架上蒸。爷爷的这一碗蒸双臭，为吴地名菜，滋味卓绝。一生中后来再没有吃到。

爷爷仙逝以后，那只臭卤鬶也不见了踪影。

这时节，小青菜、茭白也上市了。小青菜刚从地里长出来，买一捆，择干净，下到锅里，刺啦响。我妈说，这一碗小青菜，是放血菜，还是活的呢。

我从小就爱吃茭白炒肉丝。小时候有一次中午跟着奶奶去吃酒席，因等不及正餐，就让厨师炒两个菜，其中一个就是茭白炒肉丝。那个厨师刀工极好，切的茭白丝堆在青花瓷盘中，如一盘细雪。而且炒茭白时用的是猪油，有一股扑鼻的香气。一盘茭白炒肉丝端上来，我就着它吃下两碗饭。奶奶替我可惜，这一顿饭没吃上好菜。我心里却美着呢，觉得实在是比吃了正餐还过瘾。

小时候觉得猪油是世上最好之物。但凡用猪油做的东西皆美味。冬天，熬一碗猪油，奶酪一般，做菜、拌饭、煮面，都放一勺。

小时候还喜欢吃酱灰蛋。鸡蛋煮熟了，用刀划出纹路。放两大勺鲜酱油，煮至深褐色。每次去姑姑家，姑姑都会给我做一碗酱灰蛋，所以我去姑姑家的脚步格外勤快。

不知味蕾是不是会遗传，女儿也爱吃酱灰蛋。不过女儿的酱灰蛋是升级版。买个老鸭红烧，剩下的汤汁煮酱灰蛋。女儿这一代人，再无吃喝的忧愁，一桌菜端上来，倒是发愁该怎么才能让她吃掉。

小孩子贪恋浓稠的滋味，对于寡淡的食物，总是嘟起嘴巴，而我每餐饭都做得清淡。

夹一筷蔬菜在女儿碗里，说多吃蔬菜会变得水灵。女儿不信，说，妈，为什么你吃了那么多蔬菜，还是一点也不白？

这个嘛，因为年纪大了，黑色素沉淀。小孩子才灵验。

小时候摔跤了，磕破了皮，我妈嘱咐我不要吃酱油。据说，吃了酱油，疤痕就褪不掉了。大概，这些话并非全无科学依据。多吃水果和蔬菜，自然而然排除了毒素，皮肤也会变得白一些。

不过年纪越大，黑色素沉淀愈多，这几年，脸上的斑点明显多了起来，搽再贵的眼霜、面霜也遮不住了。

并且人到中年，新陈代谢变慢。这不，多吃少动，体重秤上的数字，不可遏制地往上蹿。

好吧，接下来好好锻炼，每日游一千米。

已经过立秋了，亦到了人生之秋，仿佛昨日还是繁花似锦，今宵已是霜冷长河。

告诫自己，把每一个日子当作良辰。

日日是好日。

每一天，都要珍重地度过。

并珍爱、善待自己。永葆一颗欢喜心，清简度日，好好生活。

迷恋白

1

买了一个盘子，白底，淡褐色条纹。这一个盘子，在初见的第一眼就相中了。

那天和草去上海，中午在一家越南餐馆吃饭，落地玻璃窗外，有一个骑着三轮车卖盘子的小贩。

一车斗的杯子、盘子，大大小小，古朴可爱。我的眼睛像被磁铁吸引住了，脚步不知不觉追着那个小贩而去。

走到三轮车前，挑挑拣拣，犹如小蚂蚁跌入了蜜缸，呀，每一个都爱不释手。怎么办，全买下来又搬不回去。只好忍痛割爱，最后挑了四个盘子。

两个烟灰，两个素白，皆有暗条纹。

一个盘子二十元，四个盘子，付了八十块。

这大约只够在商场里买一个盘子。况且还买不到这么好看的。

小贩把四个盘子包好，我捧着盘子，欢天喜地回旅店。喜滋滋地，把盘子摊开放在床上，一个个拍照。

嗯，每一个盘子都是佳人，有倾城色。

草在一旁笑得花枝乱颤：瞧把你美的。

家里的盘子堆成山。橱柜里，酒柜里，储藏室的搁板上，塞满了盘子。我家的说，拜托你不要再买了，等新房子装修好了，再买也不迟啊。

不行，每一个盘子都是可遇而不可求的。我振振有词。

我家的只好不吭声了，只是摇头叹息，再这样下去，连睡觉的地方也要没有了。看起来某天，某人的床，也会变成盘子的天下。

我是一个盘子控，对于好看的盘子，几乎没有免疫力。有一次，灵芝带我去郊外一家工厂店淘盘子，一进门，我就惊呆了，整个仓库都是盘子。大大小小，青花的，白瓷的，绘了图案和花朵的，清仓处理，一个盘子五块钱。我推了推车，很快把推车塞满，还不够，又拉了一辆，还唯恐有人把推车的盘子抢走，一边找盘子，一边频频回首。

灵芝说，这么紧张干吗，又没有人和你抢。

我这才抬头四顾，仓库里一个旁的人也没有。原来只有我和灵芝两个人。

真是太好了。这清仓的消息，只有我们两个人知道。下次哪个盘子店清仓，一定不能告诉别人，只告诉我。我要去抢一车盘子，哈哈哈。

可是盘子太重了，又买了一堆书，装在一个大号布包包里。回去的时候，背着布包包去挤地铁。发现坐反了方向，下地铁，又坐回来，到了火车站，发现火车即将发车，只好一路仓皇飞奔。

那情景就像一个逃难的。

说起来，为了盘子顾不上仪态这样的事，在我身上已经发生过好多次了。

本来十分悠闲地逛街，忽然看见一个卖盘子的小贩，便蹲下来，挑了一堆，之后拎着盘子走在街上，顿时变得狼狈无比。

街上的人纷纷侧目，这个走在马路上的人，弯着腰，驼着背，远远看去像一个苦力。

呃，可是那种淘到一个心仪的盘子的快乐，他们又怎么晓得？

买到一个心仪的盘子，实在比买到名贵的包包首饰还令人开心啊。

一个好看的盘子，怎么也看不厌。用它装吃食，便觉得那吃食无比美味。

有时候，一个人坐在布沙发上，跷着二郎腿，吃一盘葡萄和柑橘，只觉生活有一种芬芳的香气。

人到中年，仍有一股小女孩的天真与欢喜。

迷恋醉心于那些器物、日常和人间烟火。

日常愈简朴而平淡，内心愈圆融而丰富。

多么好啊，把每一个日子当作良辰，过一种简朴而有质地的生活。不喧哗，不热闹，不盲从，只是遵循自己的内心，一天一天，充满喜悦和感恩地度过。

2

用白盘子盛了一盘绿葡萄。

味道真是好。仿佛日子也变得素净、淡雅起来。

好日子就是一碗粥，一碗白米饭，白水青菜，平凡岁月，素净流年。

年少时，喜欢热闹、花团锦簇的日子，以为繁华富丽才是好。爱的花也是大红大紫，海棠、芍药、夜来香，香气盛大、浓烈，直往鼻子里钻。说一句话，也要语不惊人死不休。穿衣也要穿得与众不同，鹤立鸡群。穿一条绿底红花的连衣裙，像一株艳丽的花，招摇地走在大街上。

以为自己是倾国倾城的俏佳人。

那时候，多不自知。既骄傲又虚荣。

现在不了，爱上了白衬衣。那种棉麻质地的白衬衣，衣柜里有一打，清一色的白，小翻领、立领，圆领，泡泡袖，蝙蝠袖，带一点花边。搭配一条黑布裙、蓝布裙，或者烟灰色、卡其色长裤。那样素淡的几种颜色，可是心中满足极了，快乐极了。

去逛衣服店。店员找出一堆衣服，赤橙黄绿。我一个劲摇头，不要这些，我只要白色。

那些太薄、太透明、太鲜艳的衣服，穿到身上，太过肤浅了。

要质地柔和一点，布料略厚一点，宽松一点的。米白、珍珠白、纯白……这样的衣服可以来一打。

店主很为难，白衬衣倒是有，只是夏天，天气太热，进的都是轻薄的衣裳。

轻薄两个字，我从来不喜。但凡轻的，薄的，绢纱的，丝绸的，我一律不爱。绢纱旧了，像揉皱的花瓣；丝绸贴在身上，把曲线勾勒出来，令人生厌。只有棉与麻，越洗越柔软，旧旧的，有一种岁月的味道。

白衬衣穿久了，再穿黑衣服，只觉那个镜中人，像黑乌鸦似的。真是太讨厌了啊。

我只喜欢白。白米饭的白，白纸的白，白雪的白，白衬衣的白。

遇见白，总是欣喜。

那天去潭心谷，遇见云青姐姐。姐姐一袭白衣，仙子一样伫立在门口。只觉是这般好。

姐姐沏茶，用日本的碟子，盛了小桃酥。小桃酥真好吃，甜甜的，香香的。饮一口茶，吃一小口小桃酥。盘子渐渐见了底。月亮升起来，照在庭院里，一丛翠竹上。

也照耀着屋子里的人。

聊啊聊，简直昏天黑地。

姐姐说，简，遇见你是一件美好的事。只觉把这几年心里的话，都掏出来说了。

人与人，冥冥中有着神奇的缘分。我与姐姐，应是磁场相吸的人。有的人，聊着聊着就没话可说了。我们却越聊越有话讲，越聊越深入，像一个茧子，一层一层剥开。那些缠绕在心底的，尘封已久的，隐秘的话，忽然都说了出来。

姐姐蕙质兰心，亦有大智慧。

姐姐说，人生需要用减法，要学会舍弃很多本不属于自己的东西。

其实完全没有必要把很多东西留在我们身边。

把纷繁芜杂的东西清理掉，内心会变得很干净。

姐姐亦是内心澄澈美好之人。一袭白裙子，裙袂飘飘，如一个仙子，穿出了风骨，穿出了姿态。

在一个谷口有深潭，山上有寺庙的山谷里，建一个小院，过自己想要的生活。

小院和姐姐，身上皆有禅意。

那一丛翠竹，一株迎客松，翘起的檐角，云朵，飞鸟，亦是有禅意的。

它们在与天地、光阴、宇宙的对谈中，有了领会和顿悟。

潭心谷，名字真不俗。我爱门口那一汪深潭，它的名字叫古翠湖，真是一只翠绿的潭子呢。山上一片翠竹，映照在湖中，似一方绿丝绸帕子。炎炎日光底下，我与姐姐伫立在古翠湖边，一点也不觉得热，心中自有一种沁人的清凉。

姐姐说，有一天，来到这里，忽然有个声音在她耳边说，就是这里了，留下来，再也不走了。

那是前世的乡愁。那一刻，姐姐落下了眼泪。那是欣喜的，感动的泪水。

和姐姐聊天是一种享受。时光变得缓慢，流年亦素净散淡起来。这一次遇见姐姐，是遇见和邂逅美好，亦获得许多美的启示。

人生虽是初相见，亦如旧相识。

我们迷恋的，爱上的那一个人，也许只是世上另一个与自己相似的人。

如果有一天，你在街上，遇见一个穿白衬衣、黑裙子的女孩，也许就是我。

你可以走过来打个招呼，轻轻叫我一声：嗨，你好呀，简。

3

迷恋白。刷白墙，买白色家具。

我家的说，新房子的墙刷一点颜色吧，哪怕灰的蓝的呢。

不行，我只要白。白墙，烟灰色地板。搭配水泥灰花盆的绿植。这是我的最爱。

衣橱、柜子是白的，那种没有任何雕花、装饰的白色木板。简洁、干净，不容易积灰尘。餐桌、茶几也是白的，白色的大理石，映得出人影。搭配烟灰色餐椅、沙发、窗帘。

楼梯的侧面、柱子也是白的。踏步是黑的。黑白灰，家里几乎只有这三种颜色。

光阴流转，时光惊雪。

一转眼，小半生过去了。人到中年，一点中年女子的样子也无。仍旧咋咋呼呼，说话、做事，仍旧顽固。爱恨分明，一点也不肯妥协。

爱一件东西，就爱得要命，拼命想要占有。一件白衬衣，挂在橱窗里，走过时，鼻子贴着橱窗，口水都快要淌下来了。

逢上季末打折，去买白 T 恤，一买一打。这件那件不要，其他都包起来。店里的女孩子送到门口，一迭声说，姐姐下次再来。

爱一个人呢，也是爱到骨子里。和他在一起，什么话都觉得动听，吃什么食物都甘之如饴，度平凡的岁月也觉繁花似锦。

反之，对于讨厌的人，怎么也喜欢不起来，脸上写着"讨厌"两个字。

女友说，这么大的人了，也不懂得掩饰自己。

没办法掩饰嘛，只要看到那个人，只觉得浑身不舒服、不自在。于是么，不知不觉就拉长了脸。

有一次，去逛一家经常逛的布衣店，看到店里新来的售货员，长着吊梢眼，说话时，眼白一翻。不知怎么，一下子觉得讨厌。她拿过来的衣服，穿起来一件也不好看。

一下子兴致全无，怏怏不乐，万分沮丧地走出店里。

下一次，看到那个售货员在店里，就绕道走。

从前觉得自己太过任性，现在不觉得了。一个人，爱就爱了，恨就恨了，清清楚楚，明明白白，不是很好吗？何必黏黏糊糊、拖泥带水？

是的，现在的我，比从前的我，更决绝，更任性，也更懂得宠爱、取悦自己。

人生到后来，不过是取悦自己。

原谅、纵容自己。

呵护、珍爱自己。

以自己喜欢的方式，过自己想要的生活。这样才会快乐。

日常的宇宙

办公室楼底下的八株银杏树叶子黄了。

一场接一场的雨下着，天气渐渐就凉下来了。

开学，闹哄哄乱糟糟的几日，搬东西，清理，打扫，发新书，诸多杂事，终于尘埃落定。

上午，快递小哥送来一盆绿植。修长、碧绿的枝，狭长的叶，美其名曰：夏威夷椰子。

我喜欢这样的日常。平淡、寻常，偶尔有一点小小的惊喜。

同办公室的女孩子小敏养了一只巴西龟，名字叫长生。长生两岁了，个儿颇大，脑袋两侧各有一块胭脂红，像嵌了两颗宝石。

我唤它长生。

长生鼓着眼睛，一动不动地盯着我。

小敏爱长生。把长生养在一间豪宅（一只热带鱼缸）里，喂它吃鱼干、虾干。夏天时，去菜市场买一点新鲜小鱼，让店家洗净、切碎，喂给长生吃。平时也从淘宝上买一些面包虫。

长生有灵性。用牙签钉着吃食放到缸里，它会爬过来叼走吃食，

剩下光秃秃的牙签。放在地上，便远远地朝你爬过来。有时会发出嘶嘶嘶的声音，似在咿呀唱歌。

长日宁静，岁时安稳，令人不由得生出欢喜之心。

人世多欢喜，何必忧与惧。

中年以后，一颗心渐渐平和、散淡，把纷繁芜杂的事情抛在脑后。做一切可爱的事，见所有可爱的人。不喜欢的人，连敷衍也不必。

喜欢花草。屋子里、桌上，摆了鲜花。那天闺密的韩国男友请吃饭，蹭到一束花，插在水晶花瓶里。淡淡的薰衣草，已经开了两个星期，仍有暗香。

厨房地板上搁着一只竹篮，装了一篮子手指般粗细的小番薯。是那日去临安，柏成所赠。柏成是园艺设计师，去山上寻到一截木头，剖成三片，打了三张书桌。那书桌真是好，光滑有包浆，令我嫉妒。

柏成说，你若是要，我再去寻一截木头，给你打一张。

如此甚合我意。

萍水相逢的人，亦如故人。

这个夏天，去了很多地方，遇见很多人。与旧时往日凡事退缩的自己相比，已经有很大的进步。愿意尝试去做一些事，并且不觉得辛苦。

不必太在意结果如何，认真去做便是了。

You can do anything, if you really want to do.

写作的时候，也是如此。有时写得烦躁，一个字也写不下去。停下来，起身看看窗外旖旎的小河、柳树。心境忽然豁朗，继续坐在书桌旁敲键盘，哒哒哒，忽然如有神助。

写作是一件漫长的事情，也许要用上一生一世也未可知。

我在找到一件比写作更快乐、更疗愈内心的事之前，想必会一直写下去。

写作的时候，会泡上一壶云雾野茶。好似山上的云雾，笼罩在书桌前。人亦腾云驾雾，神游在仙境里，心灵上得到一种安慰。

窗外，四季更迭。蝉声止歇，秋虫唧唧。想必隔不太久，秋虫的歌声也会止歇了吧。

秋天，万物静默如谜。

爱恋秋天，犹如爱恋一个人。那个人，沉默、寡言，可是内心蓄满了能量。

晚餐去一家餐厅吃烤鱼。墨绿色的包厢，靠窗的座位。老板娘把烤炉端上来，贴心地问，另一个人过来了吗？要不要等一等再点火？

她怎知来吃饭的还有另外一个人？

世上聪慧机敏的女子何其多。

他冒雨赶过来，白衬衣湿透。炉子已经点上火，他只说两个字：好香。

两个人动筷子，把一炉烤鱼吃个精光。

窗外的雨，仍在淅淅沥沥下着。仿佛一直会下到天荒地老。窗子旁的人，喁喁细语，不过说一些平淡琐碎的家常。

人到中年，远离繁华绚烂，归于平淡安宁。

楼下一株树，盆中一朵花，皆教我一见倾心，继而生出淡淡的欢喜。

那些细小的欢愉，一点一点，聚拢起来，成为一个庞大的宇宙。

而我居于日常的宇宙，像一只蜜蜂居于花心。

从未如此自在、安然，领受到生活的福泽、日常的美意。

早上煮了白粥，炒了一盘小青菜。青菜是妈从乡下背来的，自家小院种的，碧绿霄青。清水里焯一焯，用西班牙橄榄油凉拌。

一日三餐，简净生活。

白日上班，下了班就回家。

下雨的时候，就去廊檐下花园里，一个人静静发呆。雨落在玻璃窗上，叮叮咚咚，分外好听。

这一刻，内心柔和、安静，不闻车马喧。

多好的光阴呀。

鹧鸪天

李清照

暗淡轻黄体性柔，情疏迹远只香留。

何须浅碧深红色，自是花中第一流。

梅定妒，菊应羞，画阑开处冠中秋。

骚人可煞无情思，何事当年不见收。

秋天，桂花开了，一座小城沦陷在桂花的迷魂阵里。

桂花的花朵似米粒，细碎、淡金色，并不引人注目，香气也淡淡的，袅袅的，若有似无。女词人却给予了她最高的礼赞："自是花中第一流"。想必在一朵小小的桂花身上，亦寄托了无限的情思。

秋天，女友穿越一座城来看我。与两三知己，围着木茶几，吃一块桂花糕，喝一盏桂花茶，细说恬淡的岁月，似水的流年。

这些皆是生命中喜悦的时刻。

这样的光阴，亦是我所贪恋的。

雨郭烟村白水環迷
雜紅葉間蒼山恍閒名
口淸後嗓艮巖秋光想
像間 御題

〔宋〕赵佶《溪山秋色图》（台北故宫博物院藏）

八月闲笔

1

明知道世上的书是读不完的，可是一进了书店，就像受到蛊惑似的，不由自主抱了一大堆书，去结账时，才肉痛起来，呜呜，又花了这么多银子。

况且，很多书买来压根儿就没有打开过。家里书实在太多了呀，压根儿就看不过来。

告诫自己，不买了不买了，再买的话，搬家是个大麻烦。

想到上一次搬家，床上、地板上堆满了书，累得直不起腰，最后竟然躺在一堆书上睡着了。

说不上爱书如命。在女友眼里，也算得上是个爱书的人。

女友说，简这个书痴，无论去哪儿，包包里都会带一本书。

喝咖啡的时候，聊天的时候，坐车的时候，发呆的时候，偷偷翻看几页。有时一边看一边哈哈大笑。不认识的人讶异地回头，这是个女疯子吧。

呜呜，非女疯子也，书痴是也。

其实么，要是不带本书心里就觉得不踏实。譬如尬聊时突如其来的冷场，还有等车、等人的时候，漫漫旅途，悠长岁月，那些空出来的时间，如果不翻几页书，那用来干什么好呢？

不过只是消遣罢了。

每年开学大会，校长大人在台上慷慨激昂地发言，同事们听得哈欠连天，只有我坐在台下，捧着一本书津津有味地读，脸上带着陶醉的神情。

校长大人的目光扫到我，不由得心花怒放：瞧我这发言，很精彩吧。

终于，校长大人结束了讲话，我仍意犹未尽，慌慌张张背起布包包，跟着同事们走出报告厅。一不小心，书掉了出来。呃，校长大人盯着我，咳嗽了一声，下次开会，认真点。

我点头如小鸡啄米，是是是。然后一溜烟地逃走了。

哎，一个书痴的狼狈相，你岂能知晓。

总之，书中自有颜如玉、黄金屋那一套都是假的。书中只有书蠹头（书虫）。

自从当了一个书虫，就知道成天躲在书堆里，这儿闻闻，那儿看看。总之除了书，别的嗜好一样也没有。什么名牌包包、首饰，都抵不上书好看。再说，名牌包包、首饰那么贵，一本书，一个作家花了几年、十几年甚至一生的时间，用尽了全部的智慧和才华才辛辛苦苦写下来，只要花上几十块钱，就能得到。比较下来，当然是买书比较划算，既节约了金钱，又得到了知识与启迪。

所以嘛，算来算去，还是当一个书虫比较好。

一个书虫，笨一点就笨一点，别人也不会太在意。书呆子嘛，本来就是这个样子的。

一个脑袋太聪明、太灵活，想法太多的人，静不下心来读书。

但凡读书人，总是不那么聪明，会笨一点。笨得可爱，也无妨嘛。

2

一个书虫，不幸还是一个码字工。

码字也是一件苦差。一个字一个字，种田一样种出来。写出一本薄薄的小书，十万字，整整敲了几十万次键盘。

一个码字工的艰辛和快乐并存。

汉字太好玩了。一个"白"字，就引人无限遐想：白眼狼、白骨精、白娘子、白龙马、白天鹅、白狐、白马王子、白日梦……白天不知夜的黑。

一个码字工，白天要上班，只有夜幕降临，窗外灯火璀璨之际，才有属于自己一丢丢的时间，就那么一丢丢的时间，仿佛被人追着赶着码字。所以，我码字的速度极快，哒哒哒，只听键盘在响，像发电报似的。

我是一个急性子，做什么事情都很着急。不过，有时候却颇有耐心。明明什么思路也没有，也要坐在电脑前瞎写一气。写砸了就删掉，重新再写。总之，只要一个字一个字往下码，总会码成一篇文章的嘛。

这些从虚空中召唤出来的字，算一算，统共也有好几百万字了。那天，打开文档看了一下，单是游记就有二三十万字。这些游记，不过是旅途中的见闻记录，又出不了书，一点用处也没有。就那么存在文档里，偶尔打开看看，重温旧时行踪、记忆。

当时光流逝，码字就是我和岁月的故事。

岁月漫长，人生有涯，在有涯的时光里，留存一点温暖、感动和思索，我以为是一件美好的事。

我的文字，大多关于日常生活、乡居岁月。有许多文字都是用碎片时间码成的。接下来要出版一本新书，编辑嘱我写个前言。那天恰巧单位疗休养，同事们去爬山，我抱着电脑，一个人坐在景区门口。

午后，一台落地扇呼呼地吹，两个景区工作人员伏在桌上昏昏打着瞌睡。我哒哒哒码了一篇，一看，尚有多余时间，于是又码了一篇。

两篇都发给编辑，说，请挑一篇吧。

编辑回复我，两篇都要。一篇前言，一篇后记。

夕光中，同事们陆续下山了。我抱着电脑，笑嘻嘻跟着他们走上大巴车。这时困倦袭来，我靠在大巴车座位上呼呼地睡着了。

这就是一个码字工的日常。

当码字成了我的日常，每一个日常，就不再单调乏味，一日一日重复。

它们变得丰富、多姿多彩，仿佛像一个潘多拉的魔盒。我不知每天打开它时，会跳出什么来，给我什么惊喜。

这些文字，并没有什么独特、稀奇之处。也没有华丽的辞藻和堆砌。它们只不过是一个光阴记录者，记录下平淡的岁月。抑或是一个唠唠叨叨的人，对着墙壁在自言自语。

可是，这已经足够了。

3

傍晚回乡下。

喊小侄子，去荷塘边折荷叶、采荷花。

自从那个安徽人租了我家的水田，每年夏天，都有荷塘月色可赏。

我回乡下的频率也越来越高了。荷花还没开时，回去一趟，等荷花开。荷花开了，回去一趟，赏荷花。荷花谢了，再回去一趟，等结莲蓬。

这一次回去，荷花已经萎谢，结了许多莲蓬，一个个，马蜂窝似的。

小侄子拿一柄剪刀，问我，姑，你觉得哪一个好看。我指着哪一个，小侄子就去剪哪一个。

小侄子一米七的个子，已经是个大小伙子了。想起他刚出生时，小老鼠一样，皱皱巴巴的，似乎那情景还在眼前。时光飞逝，一去不返。

可是，乡下的岁月，仍旧是从前慢。荷塘、瓦舍、月光、小屋，仍旧是从前的模样。

这一次，好朋友小郭和我一起回去。小郭开一辆英菲尼迪，挎一个 LV 包包。一个摩登的都市女孩子。

我爸迎出来，嗔怪我，带朋友过来，也不告诉一声，不过烧了几个蔬菜。

小郭说，叔叔，就吃菜园子里的蔬菜好，绿色无公害。

我爸点点头，这倒是。

我爸开始滔滔不绝讲他种的冬瓜、蒲瓜、南瓜，怎样育秧、栽种，怎样开花、结果。还有他养的一群鸭子，每天捞浮萍和小鱼给它们吃，下的蛋，个个色泽碧青，有的还是双黄蛋。

我和小郭神情专注，不时点头，以此满足一个老农内心的骄傲和自豪。

吃过饭，我们去院子里看星星。乡下的夜晚，仍旧看得见星星。

星星大而亮，一颗、两颗、三颗……无数颗。越看越多，当眼睛适应了黑暗，便拥有了更好的视力。那些光芒微弱的星星，忽然亮了起来。

星星也看见了我们。

这些星星，是我们的故人。童年、少年，它们一直陪伴我们来到今天。只是，城市的夜空太亮，我们看不见它们罢了。

只有乡下的夜空，仍是星星的居所。

每一次回乡下，都如同给精神做了一次疗愈。一颗紧张、焦虑的心，渐渐放松下来。

在星空下，我们吃着西瓜，吐着籽儿；指着银河，说着七仙女。仿佛重返童年。

我爸装了一麻袋冬瓜、南瓜，放到汽车后备厢，让我们带回城里。

小侄子把采的莲蓬和荷叶放到车子里。

小侄子说，姑，莲蓬枯了很好看。放在你书桌上，可以当摆设。

小侄子知晓我喜欢花啊草啊，荷塘啊月色啊。每次回去，总是殷勤地为我摘野花，拔狗尾巴草，用草茎扎成一束。

我爸问他，采这些干吗。

小侄子答，我姑喜欢。

凡是我喜欢的东西，一老一少都尽力给我弄来。吃的，喝的，玩的，每次回乡下，都是大包小包带回城里。

恨不得把乡下的小院、新鲜空气、荷塘月色、满天星辰也打包回家。

回去的途中，汽车沿着乡村公路行驶，车灯的一束光映照出一团球状的东西，仔细一瞧，是一只小刺猬。

那只小刺猬探头探脑，不知所措。

小郭踩了刹车，小刺猬慢慢走到安全地带，圆溜溜的小眼睛，骨碌骨碌朝我们看。

我们冲着小刺猬挥挥手，车子往左一拐，驶向了灯火阑珊处。

生命中
喜悦的时刻

1

　　女友穿过一座城市来看我和草。在一家咖啡馆，三个女人，点了樱花茶、草莓蛋糕，吹着冷气，聊着天，度过一段美好时光。

　　友人的这一份情意，令人感动。

　　已经很久没有出门去看一个人了，出门是一件要下定决心的事。有时匆匆去一个城市，想起某个朋友在那座城市里，打开手机，翻出通讯录，却迟迟不敢拨电话，唯恐打扰到别人。

　　即将离开时，才发一条微信，说是路过此地，时间仓促，下次约酒云云，诸如此类的客气话。

　　朋友呢，即刻拨来电话，大声嚷嚷，问为何不早点告知。

　　一个朋友说，你这个人是不讲情义的。

　　大概是吧，我是一个内心有点凉薄的人。时间一久，故人之谊，渐渐就淡忘了。

　　年纪愈大，情感上愈淡漠。

总是刻意与人保持距离，唯恐太过黏稠。感情再好的朋友，也懂得了要有疏离，有留白。

那种橡皮糖似的天天黏在一起的小女孩的日子，已经一去不复返了。

时常在一起玩的朋友有三五个。有的朋友，很长时间彼此不联系，可是一旦接上头，彼此仍觉亲近，无话不谈。好的情意，经过了时光的封存，似一坛酒，愈加醇厚。

好朋友不必多，三两知己，把酒言欢。两个、三个，已经够多了呀。体己、私密的话，都可以倾心相诉，不必刻意掩饰自己的缺点和脆弱。

好朋友是，自己遇到困难时，不发一言，默默关注，默默帮助，更不索求回报。

一切都是自己情愿的呀。只要你过得好，你开心，你快乐，那就好。

有一个朋友，特别热心，但凡一点小事，他晓得了，两肋插刀，倾尽全力，帮不上忙决不罢休。

于是遇上麻烦绝不敢告诉他，小心地把麻烦藏起来，怕被他发现了以后更麻烦。

人总是存有私心。可是在对于喜欢的人与事上，却可以去掉私心，甚至可以牺牲自己的利益去换取他人的利益。

并且，永远不会告诉那个人，我私底下为了你，曾做过些什么。

他永远不会知情，还一直蒙在鼓里，以为是自己交到了好运，得到了上苍的眷顾。

这大概就是友谊的最高境界吧。

2

与朋友闲聊。不知怎么聊到了衰老。

朋友说，这几年，老得很快，都戴上老花眼镜了。

我也是，这几年白头发多了，怎么拔也拔不尽了。

人只要活着，势必一天一天老去。长江滚滚，落木萧萧。真是一点办法也没有。

我希望自己，面对时间的洪流，可以永葆一颗天真、温柔、感伤、真诚的心。

我也希望自己无论何时、何地、何种境遇，都充满勇气，并且无所畏惧。

多好啊，一天一天老去，不惧怕变老，也不惧怕变丑。

时间是每一个人的敌人。我愿意与时间和解，化敌为友，坦然接受它的雨雪和风霜，接受它的蜜糖，也接受它的砒霜。

起初很惊慌，觉得衰老是一件可怕的事。第一根白头发冒出来时，甚是心惊，急急喊姆妈拔掉了。乡下的说法，姆妈拔掉，白头发才不会再长出来。

事实说明，这样的说法一点依据也没有。相反，越拔得勤，白头发长得越多，简直止不住地冒出来，野草似的，在头顶肆虐。用染发剂染一染，那个镜中人，漆黑的眼，乌黑的发，年轻了十岁。可是好景不长，没过多久，白头发又冒出来。终于，举手投降，白就白了吧。

时间之河，已经到了水流湍急处，我这一叶小舟，无论如何，也没有办法再逆流而上，只能顺势往下游缓缓漂去。

到了这一刻，应是可以洞察、了然，知晓自己的来处和去处。

从来处来，往去处去。不再矫情伪饰，不再逃避。真的英雄，敢于直面惨淡的人生。

以豁达、达观的心态，面对真实的自我。

得之，我幸；不得，我命。

得不到的，终究会失去。舍不得的，终究要舍得。

终有一天，这一颗心，清净了淡然了，无波也无澜了，不再有嗔痴与妄念。远离喧嚣与躁动，只是以一颗平常心去面对世间事。

化芜杂为清净。删繁就简。

一颗初心，两相欢喜。再也不计较来，计较去，为一点蝇头小利、一粒浮尘草芥而烦恼、忧虑。那么，这一天，就是我们参透、顿悟的时刻，就是生命中喜悦的时刻。

3

其实每一时每一刻，皆是生命
中喜悦的时刻。

譬如，上街买了一布袋书、一
束小玫瑰。归途中那一刻的心是雀
跃的，欢喜的。

把玫瑰养在清水里，撒一点盐。
看玫瑰一朵朵绽放、盛开，这样的
时刻，亦足可令人生出欢喜之心。

去旧市场，淘到一个好看的钵。
那是一个说不清制于什么年代，看
起来又古老又朴素的钵。况且，那
个卖给我钵的人，用淡黄色牛皮纸，
包了一层又一层，细细嘱我千万小
心，别磕破。

对于一件心爱的器物，那个人
有着留恋与不舍。

抱着那个钵，施施然穿过街市，
只觉一条街的人，皆是温暖有情
意的。

一个日常饮水的杯子，白瓷，
绘了一枝淡粉色的荷。仿佛闻得见

香气。

一个布包包，印了一幅丰子恺的画，两个樱桃、一叶芭蕉，端然有雅意。布包包是四月赠我的，有一次见面，她掏出这个包，偷偷塞到我手里。

一瓶欧舒丹润手霜，芍药花香型。挤一点，涂在手上，清淡的花香，丝丝缕缕，似有若无。润手霜是女友去日本带回来的。还有一大包礼物：蓝印花的手帕、陶瓷碗、竹筷子。皆为我所爱。

女友出国颇多，一次次带礼物赠予我，与我分享旅途见闻。去美国带蝴蝶手镯，去加拿大带枫糖浆。这份情意，令人感念。

至于案头的一个青花瓷瓶、一本旧书、一块石头、一个木相框，这些旧物，寂然无声，却滋养着我们的日常。

在这些旧物上，可以窥见天地光阴之美，亦可以窥见日常之美，以及人世温暖、朴素、动人的情意。

1

花园里有一株花树，粉粉灼灼，开得粲然。花瓣蜷起，由一根长长的粉红色茎擎着，似擎着一只粉色小喇叭。

这一只小喇叭，吹奏起一支秋之歌。

每天，从花树底下走过。一颗心兀自沉醉，犹如沉醉在浩荡的春风里。

秋天的花，比起盛夏，已然寂静许多。

波斯菊、鸢尾、紫荆，开得闲淡。人也闲淡下来。在廊檐下摆一张木桌，沏一壶茶，慢慢地饮。

这时节，橘子上市了，淡青色，染着一抹橘黄。剥开皮，取出一瓣瓤，塞进嘴里，吃起来微微有点酸。

噫，这微微的一点酸，恰是秋天的味道。

小时候秋天割晚稻。母亲拎一只装满橘子的杭州篮，篮子上覆一块绘了牡丹花的方巾。割一垄稻子，到田头小憩，剥一个橘子吃，

地上留下金灿灿的橘子皮。

　　村子里一户姓祝的人家，水泥窗台上晒着橘子皮。他们是从别处迁居到村子里的。听说很有文化，不知怎么落魄来到这里。

　　可是纵然落魄，日子仍过得很风雅。

　　没有茶叶，就用橘子皮、菊花泡茶。

　　我们也学着那户人家，晒橘子皮，泡茶喝。橘子皮泡到搪瓷杯里，舒展开来，像花瓣。日子仿佛也变得风雅起来。

　　很多年以后，那一户人家迁走了，去了城里。不知为何，我一直记得那个男孩子。穿着白衬衣，神情冷淡。他的眉目，比起乡村的少年，更清秀干净。

　　他喜欢集邮、藏书。有一天，我穿过香樟树的浓荫，去邮局寄信，看见他伫立在邮局窗口，买最新版的邮票。

忽然，他冲我淡淡一笑。

我的心咚咚地跳。慌忙把信封贴上邮票，塞进邮箱。

那一封寄给远方未曾谋面的友人的信上，写着祝好，某年，某月，某日。

祝，是一个多么美好的姓啊。

南方的秋天，太阳花、夜来香开尽，白露渐渐覆在田野、草木、树林上。

妇人在廊檐底下剥菱角，一只一只，浮在清水里。

傍晚，豆腐西施挑着担子挨家挨户卖豆腐。

雪白的豆腐，清水里焯一焯，蘸酱油吃。一盘嫩菱角，撒了青葱。

灶台上，绘着梅兰竹菊。

门上贴着财神、和合二仙。

乡下的光阴，朴素贞静之中亦有着热烈和浩荡。

只是那时候的我，惘然不知罢了，总觉得日子辛苦，每天放了学，还要背个竹筐捡柴火。

秋天，去垄沟上捡枯树枝、水杉叶。

一篮子水杉叶，炊熟一顿饭。那白米饭亦有植物的清香。

前不久带闺密小郭回乡下，小郭说，你家门前的水杉树长得真好啊。

是啊，三十年的大树了。栽下去那一年，我不过才这么一点高。我比画了一下，那个小小的人儿，一日一日，吹气球一般长大，又一日一日，渐渐衰老。

时光何其迅疾。

可我仍记得旧时人与事。然而许多旧时人、旧时事已经不在了。

只有山河日月，依旧葱茏蓊郁。

光阴亘古，秋声如歌。

2

中秋，一家人吃月饼。

母亲把一盒月饼拆开，四个月饼，金黄、滚圆，似四枚月亮。

我以为这一天的月亮，是一年中最圆最亮的。因为这一天，五湖四海的人，皆团圆聚拢在一起，吃月饼，看月亮。

月是故乡明。那远在天涯的游子，此刻，也在举头望着故乡的一轮明月吧。

小时候，月饼平时是吃不到的，只有中秋节前才上市。

小镇上的阿六，开了一个糕饼店。中秋前夕，其余糕饼一律停掉，只做月饼。馅料有豆沙、百果、芝麻、莲蓉。刚出炉的月饼，松软，香甜。放久了，渐渐变硬。

母亲等到中秋节那一天傍晚，才去阿六糕饼店买月饼。糕饼店马上要打烊了，月饼打对折。

奇怪哉，月饼还是那只月饼，早上晚上的价格竟相差一半。

母亲节俭，至今仍有这习惯，买东西买晚不买早。

我劝她，如今日子好过了，不差那个钱，想吃啥就买啥。吃个时鲜嘛。

母亲摇摇头，花那个冤枉钱干啥，还不是一个味道。

究竟有些不一样的。刚上市的菱角，鲜甜，香糯，隔一段日子去买，煮不烂，并且吃起来嘎嘣嘎嘣响。

今年的第一只月饼，是在一家手作烘焙店买的，冰皮，榴莲味。

对于糕饼，再也没有从前的痴心与眷恋了。只是吃个应景。什么节气，吃什么东西。年纪大起来，倒是愈发讲究起来。

有时连母亲也诧异：你怎么愈来愈像你祖母？

是呀，一个人流淌在血脉里的东西，怎会轻易舍弃？

母亲六十七岁了，而我也将至不惑。

母亲来我家，总是先在沙发上坐一歇。说一会儿闲话。

这一次，母亲说起乡下一个妇人。她六十四岁，前不久骑电动车被一辆工程车撞了。母亲说，妇人的婆婆和阿娘都在，都八十多岁了。两个娘抱在一起痛哭。

母亲说的时候，眼眶微微有些发红。虽是隔壁村子里的一个不怎么相熟的妇人，可到底曾照过面。心里总不是个滋味。

母亲又说，中秋节你啥也不要买。你爸现在不抽烟不喝酒。买几筒新塍小月饼就好。

新塍小月饼，用素白色油纸包着，一筒五只，十元一筒。芝麻馅、豆沙馅，皮松软酥脆，母亲极爱吃。

母亲说，不是我心疼几个钱，是小月饼真的好吃。那种盒子里装的月饼，不晓得什么时候做出来的，硬邦邦的，咬起来硌牙。

小时候过中秋，母亲送外婆礼物，也是这样的筒装月饼。四筒还是八筒？已经忘记了。只记得外婆笑嘻嘻地说，小月饼顶好吃。

时光轮回，爱亦如此。

母亲不喜欢花里胡哨的东西。一个包装精美的东西，她总要嘀咕包装占了一半钱。而我，从前一直迷恋外在好看、形式美的东西。

人至中年，忽然觉得母亲说的话有道理。一件东西、一样吃食，何必在意好不好看，只要好用、好吃就可以了。

真正好的东西，未必有多么美好的外在。

真正高贵的灵魂，未必有多么好看的皮囊。

3

风物与蔬食。

这是新书原来的名字。后来改成了"今天也要吃好一点"。

私底下，我还是喜欢风物。风是风雅，物是器物。

不知什么时候喜欢上器物。大约是某一天黄昏，于水边归来，采了一大捧白茫茫的芦荻，插在一只阔口陶瓶里。陶瓶也不是什么名贵的陶瓶，只是路边小摊偶遇，瞅着好看买回来的。

月河有一家小店，出售日式碗、盘子。有一阵经常去那家店淘东西，一个米白色小碗，一个灰褐色大碗。吃饭、饮水，皆用它俩。

从前在乡下，办酒席，吃酒用花碗。乡下的莽汉，大碗喝酒，大口吃肉，有一种豪迈与不羁。

爸爸至今仍用花碗喝酒。喝过酒，仍旧用这只碗，盛一碗白米饭。白米饭亦有着淡淡的酒香。

乡下的白底蓝花碗，已经剩下没几个。底下依稀可见刻着的爸爸的名字：金寿。

两个字刻得龙飞凤舞，盎然有古意。

其余大多是新碗，从商场里买回来的成套的白瓷碗，釉色鲜亮、艳丽。

茶几上有一套白底牡丹花玻璃杯。客人来的时候，妈妈用这一套杯子泡茶，端上来，玻璃杯上的红牡丹，霎时绽放。

我嫌这杯子老土，换成宜家的，杯柄上有扣子，恰好可以把手指扣牢。淡绿、湖蓝、橘红、米白，统共四色。用来饮红茶、绿茶、果汁、咖啡。

还有一套白瓷咖啡杯。一把咖啡壶，四个杯子，我用它们喝下午茶。

一次去莫干山，邂逅一家卖器物的小店，店里摆着晚清的糖糕印子，纹样是八宝纹。

青石如意小盆、老牛角、手工汝窑杯、彩绘小茶盏、高丽带盖钵、日本香炉，这些器物，好看得令人心惊肉跳。

加了老板微信，看到好物，和老板砍价，陆续买回来几样。遂觉风物盏盏，日月静好。

风物两个字，有一种静气。驱除了浮躁之气，只留下了平和、喜悦、安宁。

与老物件、旧时光相守。

日日是好日，岁岁是良辰。

旧时光里，乡下的老灶头，一屉蒸笼，几十个青团，点了胭脂红。袅袅白汽，祖母团团的脸，有观音相。祖母用竹筷蘸了红水，点在我们眉心上，似年画上的娃娃。

　　腊月二十做糖糕。隔壁春香奶奶有民国老糖糕印子，边缘已经磨损，像宝贝一样珍藏着。每次祖母都让我去借印子。春香奶奶仔细叮嘱，小心使用，千万别敲坏了。有一次，不小心把一个寿桃印子敲裂了一点，春香奶奶心疼得什么似的，好比剜了她一块肉。

　　春香奶奶也是身上有静气的人，七十好几，依旧清清爽爽。穿一件藏蓝色布袍，用一支银钗，挽一个发髻。

　　银钗也是老物件，雕着一枝兰花，是当年他赠予她的信物。一生的光阴过去了，他早已化作黄土，只余她一人度着漫漶人生。

　　在一个清晨，春香奶奶于睡梦中平静辞世。她屋子里的雕花柜子和糖糕印子，被人烧掉了。银钗和她一起放进墓园。

老屋还在，尚未坍颓。我每次回去，在空空的院子里伫立一会儿，怅惘良久。

最近迷恋石臼。

乡下原先拿来喂猪的食盆，用石头制成。禁养猪以后，食盆就废弃了。搬来洗净，放在廊檐下，养铜钱草甚好。

还有水缸，从前家里蓄水、饮水的器物。自从通了自来水以后，便搁置在院子里。

有一次去黎里，看见一户人家的院子里，闲散地摆着三四个水缸。问那户人家的伯伯，水缸卖不卖？

伯伯头也不抬，喜欢自管拿去便是。

扔下一百块。哎呀，简直捡到了宝。

那一个水缸，置于小小的天井里，栽了一株荷花，养了几尾小鱼。雨天，就在天井里观荷、听雨，日子俨然有古意。

有一次，相中一个日本的纯手工铁壶，贵得令人咋舌，6800 一把，舍不得买。花了 680 块，买了一个菊花纹水晶玻璃壶。

取一朵金丝皇菊，置于壶中，慢慢煮一壶茶。

一屋子沁人的香气。

秋天，与两三知己，围着木茶几，吃一块冰皮月饼，喝一盏菊花茶。这样的光阴，亦是我所贪恋的。

水调歌头

苏轼

明月几时有？把酒问青天。不知天上宫阙，今夕是何年。我欲乘风归去，又恐琼楼玉宇，高处不胜寒。起舞弄清影，何似在人间。

转朱阁，低绮户，照无眠。不应有恨，何事长向别时圆？人有悲欢离合，月有阴晴圆缺，此事古难全。但愿人长久，千里共婵娟。

丙辰年（1076）的中秋节，诗人通宵痛饮直至天明，写下这首千古绝唱。

"露从今夜白，月是故乡明。"中秋节，乡下的女儿归宁回爸妈家，赏花赏月赏秋香，饮桂花酒，吃桂花糕。月亮硕大而皎洁，照耀着人世，亦照耀着月下幸福美满的一家人。

"但愿人长久，千里共婵娟。"这是苏轼的心愿，也是普天之下所有人的心愿呀。

相逢幸遇佳時節
月下花前且把盃

〔宋〕马远《月下把杯图》（天津博物馆藏）

月是故乡明

闹哄哄的夏天过去了，秋天来了。

断断续续下了一个星期的雨。秋天恁地有脾气，刚才还下着倾盆大雨，转眼就放了晴，洒下金灿灿的阳光。

秋天的太阳，金黄、饱满，仍有夏的余威。

落在银杏树上，叶子也染了黄。

银杏大约是最早知晓秋天的树木吧。称之为秋的使者也不为过。

别的树木还混混沌沌，不知秋之将至。银杏早就伫立在马路两旁，恭迎秋的莅临。

你看那满树小扇子，刷一下打开了。暖阳底下，犹如万千只小黄蝶，扇动着翅膀。

这些小黄蝶呀，很快就簌簌飞下来，落到地上。铺成一条金色的毯子，人走起来嘎吱嘎吱响。

每年秋天，小城三塔路，银杏叶黄时，引得一拨拨人去看，犹如免费开辟了一个景点。

少女、大妈，齐齐伫立在银杏树底下，做痴心状。

快门咔嚓咔嚓响。

那一帧帧泛黄的照片，定格的是时光。

时光迅疾，总是在季节交替之时蓦然惊觉。

立秋刚过，白露又至。白露过后，就是深秋了呵。一日一日，秋意渐浓。

远山，瘦水，白茫茫的荻花。伫立在人生之秋，心中不是不惘然的。

荻花深处，那个小女孩，转过身来，黑漆漆的大眼睛，轻轻笼了雾。

然而时光之水，终究是再不能泅渡回去的了。

故乡的秋，天地寂静，秋虫唧唧。那声响比起蝉声，低沉、微弱了许多，亦不再聒噪、持久，犹如渐渐熄灭的余火似的，断断续续唱一支秋歌。

风也似与往日不同，有了沁凉与温柔。

晨昏，穿一件棉麻长袖衣，刚刚好。

我喜欢秋天，大约是因为这时节的气温。不冷不热，不急不躁，不温不火，似一个好脾气的人。

黄昏时分，一个人穿行在田野上，犹如穿行在一帧油画里。

金色的稻浪，汹涌起伏。夕阳似一只花皮球，骨碌骨碌，从青龙湾的草坡上滚下来。

我想，最好的时光，不过是此时与此刻，秋日与故乡。

2

中秋节回乡下。

汽车后备厢卸货，烟、酒、月饼、牛奶、西梅、苹果……

隔壁的春妹来串门，今天来送月饼呀，隔两天我也去送。

中秋节，出嫁的女子归宁，带着大包小包礼物馈赠父母，报答父母的养育之恩。这一天，是颇有些隆重的。

父母在家宰鸡宰鸭，早早去了集市，平日舍不得吃的鱼、虾、螃蟹，这一天也尽数买回来。

招待女儿和女婿。

送来的礼物，要放在厢房的桌子上，供来串门的邻居观看。

这一天的礼物不能太差，太差了爹妈要翻脸。

有一家女儿，送的香烟是利群。那一家的老头子脸色就很不好看，嘀咕道：别人家的女儿，送的都是中华。

给爸买的是中华。

爸平日舍不得抽，攒在抽屉里。有邻居来串门，拿一包拆开，请邻居抽。爸十分大方，来我家串门的邻居顶多。

爸不仅自己请香烟，叮嘱女婿，来的都是客，不可怠慢人家。

蠢头女婿，自己不抽烟，每每忘记。爸去楼上拿了烟，替女婿发。

爸说，这是礼数。别人不是贪你一支烟。

乡下老头的虚荣和可爱，展露无遗。

爸开刀休息了两个多月，又去上班了。听说是物业姚阿姨打来电话，之前替爸的那个人，要去接送小孙子上学，辞了职。于是想让爸继续去上班。

姚阿姨先问爸，老吕，身体好了吗？

好啦。

这一段时间，大家都念叨你呢。

呵呵。爸有点不好意思。

我这里缺一个人，要不继续来上班吧。

爸连连答，好啊好啊。

九月一日，那个接送小孙子的人前脚刚走，爸后脚就去上了班。

爸说，这个工作不累，每天烧壶水，扫个地，坐在那里聊聊天就可以了。过了这个村，可就没这个店啦。

妈在一旁悄声说，你爸不敢和你讲。唯恐你不让他去。

你爸现在顶怕你哩。

小时候，爸嗓门一大，我和弟弟就害怕。谁知现在反过来了，我嗓门一大，爸就害怕。

爸出去找事情做，还得遭我数落一番。

老了享享清福，不好么。

爸享不来清福。但凡能有事情做，总想着做一点。

我说，爸，实在吃不消，就不要去做了。身体要紧。

爸点点头，知道了。

爸去地里摘了秋茄子、小青菜。

别人家的青菜，都烂在地里了。只有我家的青菜，碧绿霄青。

爸说，拔掉一些，会长得更好。

爸的菜园子，依旧繁茂，扁豆、茄子开了紫花。荷叶阔大，如无数顶巨伞。

巨伞下，天光云影共徘徊。

小院里，栽了一株砂糖橘、一株金橘，皆挂着累累果实。还有一株桂花树，开了细碎的花，淡淡的幽香，直往鼻子里钻。

乡下的光阴，祥和宁静，亘古悠长。

爸把一个大冬瓜放在车子里。冬瓜不易坏，愈老愈好吃。

还有一大包茄子、青椒、扁豆，一篮子青壳鸭蛋。

每次回乡下，都似强盗一般，大包小包装回来。

想起十六岁出门念书，每次爸都会拿一只保温盒，盛一大盒鸭肉，装进天蓝色牛仔包，还有牛奶、苹果、粽子。爸唯恐他的女儿在外面，忍饥挨饿。

爸伫立在廊檐下冲我们挥手，等到汽车慢慢驶出了小院，爸微胖的身影，仍久久地伫立在那里。

3

送侄子去住宿。

棉被、蚊帐、热水壶、衣架，叮叮当当一大堆东西。

学校大门敞开，我们去得还算早。校园里空无一人。

涛涛，你大约是第一个来报到哦。

侄子笑了，是的，姑。

穿过香樟树的浓荫，两三排教学楼，名字都好听，得馨楼、智慧楼。楼前有草坪、花坛、假山。

一个 400 米环形跑道的操场，绿草如茵。

涛涛，你的学校很漂亮哦。

是呀，姑。我们运气好。当初进来，操场跑道刚修建好。

去宿舍楼底下看张贴的纸，侄子的寝室在二楼。班上统共有五名男生住宿。九年级了，许多孩子都走读。

侄子无人接送，故而仍住校。

侄子说，宿舍楼很旧。姑，等下你可别惊讶。

上了二楼，打开门，一间狭长宿舍，十二个床。走廊里两个桌子，桌面斑驳，是老学校遗留下来的旧桌子。

管宿舍的老伯，在楼道上看见侄子，说，涛涛你来啦。

又冲我点点头，说，娃很懂事，并且有礼貌。

侄子找到自己的床铺，7 号，是上铺，他高兴地叫起来，终于可以睡上铺了。

这个年纪的孩子，大约都想拥有自己的空间。哪怕寝室一隅，一个小小的角落，蚊帐放下来，自成一个自由世界。

侄子说，姑，我去找块抹布擦下床架子。等会儿咱们支蚊帐。

我俩分工，一个擦床，一个解开包裹，拿出被褥、帐子。

又去宿管老伯那里领一把小锁。锁一格小柜子，用来放私人物品。

我瞅着那个小柜子，仅仅一个鞋盒大。

侄子朝里面放了洗头膏、沐浴露、指甲钳，一些零碎小东西。

铺好床铺，支起蚊帐。姑侄俩合力，很快把一个小窝搭好了。

侄子说，姑，我送你到校门口。

再次穿过教学楼、草坪、花坛、假山时，我闻到了一阵桂花香。使劲吸了吸鼻子，真香啊。

空旷的校园，依旧不见一个人，只有一侄一姑。

高高瘦瘦的少年，大步走在前面，他的姑姑，紧紧跟在少年后面，身材臃肿，步履缓慢，已有妇人之相。

而昨日，她亦是一个花季少女呀，笑吟吟捧着一本书，穿梭在菁菁校园中。

二十多载光阴迅疾而过。

侄子的学校，即是我当年念书的学校，只是学校已经搬迁，两旁起了许多高楼。校园北侧，有一个湿地公园和麟湖。

据说古时候这里麒麟出没，其乃祥瑞之兽。故得名。

校园的小路上，贴着麟湖的牌子和注释。

是为了每一个少年，将来从这里出去后，不忘记故乡和母校。

这里，亦是我的母校。

只是我未曾与任何一位恩师谋面。

我走到校门口，看着簇新的校园、蓊郁的树木，冲侄子挥挥手，进去吧，涛涛，好好念书哦。

嗯，知道了，姑。姑路上小心驶车。

少年的声音，清越响亮，从时光里传来。

4

露从今夜白，月是故乡明。

故乡的月，又圆又大又亮。

小时候过中秋，母亲把一只月饼切成四块，一家人一人一块，呷着嘴品尝。

小院的木桌子上，还有一碟柿子、一盘苹果、一壶茶。一边吃月饼、柿子、苹果，一边饮茶、赏月，端的是风雅的日子。

柿子和苹果，谐音事事平安。

梨子在乡下则不讨喜。梨，离也。母亲削一个梨，从来也不会和我们分着吃，怕与我们分离。直到现在，我吃梨亦不与人分着吃。除非是讨厌的人，那就不妨与他合吃一个梨，速速分离才好。

月亮似一个玉盘，挂在夜空中。中秋之月，硕大皎洁，映照人世。人世的坎坷、艰辛与磨难，似乎暂时消隐了。只余下这一轮满月，洒下的清辉，以及月下美满幸福的一家人。

母亲说，嫦娥应悔偷灵药，碧海青天夜夜心。

母亲念小学时，当过班长。她记性极好，念过几首诗，牢牢记在了脑子里。三十年后，母亲仍会朗朗背诵"弯弯的月儿小小的船"，字正腔圆，一字不差。

我的记性，比起母亲要差许多。尤其生孩子打了麻药以后，记性愈来愈差。

很多事情，转个身就忘记了。

好记性不如烂笔头，于是只好寄托在一支笔上。这也许就是我写作的初衷吧。

母亲说，嫦娥偷了灵药，飞升成仙，长生不死，不老不灭。可她到底还是后悔了，她悔恨一个人在月宫里，过着寂寞清冷的日子。早知如此，不如不偷吃那灵药，过一世平凡温暖的日子。

女子，切莫贪心。母亲谆谆教诲我。

世上的诱惑无处不在，不失去初心、本我，才能抵抗住诱惑。

这是人到中年，才慢慢领悟到的。

客居城市，车水马龙，喧哗嘈杂，难免被蒙蔽双眼和心智，追名逐利。回到乡下，洗一次月光浴，洗净了心灵上的尘埃，顿时尘尽光生，一颗心变得清明透亮、豁然开朗。

困顿、烦躁之时，不如回一次乡下，看一回月亮，沐浴清辉，疗愈内心。

已经很久没有看到这样硕大皎洁的月亮了。犹如一个十二寸的比萨，挂在青龙湾的夜空中。

夜静似太古。这一轮圆月，照耀过唐宋，照耀了前世与今生，亦照耀着你与我。

往日今时，种种恩怨，爱恨情仇，皆可在月光下一笔勾销。

日光底下无新事。月光底下，亦无新事，有的只是古老中国，雅乐民间，旧时光之美。

木茶几上，摆了两个糖糕印子，一个红双喜，一个寿桃。因了我喜欢，母亲特地从隔壁村子一个老太太处访来。

臭屁值千钿。母亲昔日对我成天把破烂当宝贝的行径颇有微词，现在，已渐渐接受我的古怪和癖好，并且四处为我收罗瓶瓶罐罐、破铜烂铁、水缸、石臼、糖糕印子。只是现在这些东西乡下也很少见了。

旧房子大多拆掉了，建了新的。

水北村，要造一座九曲桥。拆五户人家，我去访了迎春的太奶奶，才得了几个糖糕印子，母亲轻轻向我邀功。

山南山北，水南水北，这村子的名字，惊天动地的好。

迎春是我小学一个男同学。他母亲很喜欢我，小时候拉着我的手，塞给我两颗糖，说是将来让我当她儿媳妇。我郑重地向她点点头。

那天路过一个岔路口，看见一块路牌，赫然写着：杏村浜。

杏村浜，小时候的玩耍嬉戏之地。我只知，那个村子栽满了杏树。五月，杏子黄了，表哥给我打杏子，我龇牙咧嘴，嚷嚷着酸死了。

晚上，表哥与我挤在沙发上看《星星知我心》。我哭得眼泪鼻涕一把把。表哥说，就你们女孩子矫情，眼泪多。

四十岁的表哥，如今开了地板厂，日子过得红红火火。生了二胎，有儿有女，凑成好字。他再也不记得从前的那些事了吧。

不知为何，那一日路过杏村浜，我的心酸酸的，像吃了一枚青杏。

小时候的记忆，真切鲜明，三十年过去了，依旧不曾忘怀。

若我是嫦娥，恐怕彼时不能抵挡灵药的诱惑。或许，今时今日，能否挡住诱惑也未可知。

因为温柔绵长的人世，那些痴心与眷恋。

因为从茫茫人海中，升起的那一轮黄月亮。

1. 秋天的花

四季中，我最爱秋天。小时候每到秋天，必定伫立在廊檐底下，摇头晃脑，诗人一样吟一句：

天凉好个秋。

时至今日，初秋一过，穿上薄薄的长袖衬衫，走到栽满银杏树的马路上，心里亦浮起淡淡的喜悦。

平生至此，欢喜是你。

这欢喜是朴素的日常、风物与蔬食。一碗白米饭，一盘白水青菜，一碟日本豆腐，好日子就是这样清淡、素净，素净中亦有幽香与远意。

小院里，栽了一株紫薇，开了一树粉紫、粉红的花。这一株花树，兀自立在黄昏中，夕阳柔柔地照在花树上，那一树粉紫、粉红的花，染了淡淡的金色。

这是我挚爱的黄昏呵。

新房子已经初现雏形了，烟灰色地板，黑色楼梯，白色木门。我只爱黑白灰。刷墙时，我家的说，好歹刷一点颜色吧，奶白、墨绿也行啊。

不行，我只爱白色。我决绝地说。

铝合金落地玻璃窗外，即是一个小花园，朝南，只有二三十平，小虽小了些，可是踩着绿茸茸的草坪，心底升起欢愉。

明天春天，我想在花园里种月季、蔷薇、玫瑰、百合花。我还想种一株柚子树。秋天，柚子树结了果子，像挂满了白炽灯泡。

一株会发光的树，多好呀。

旧时人家，院子里喜栽金桂和玉兰。取其美好的寓意：金玉良缘、金玉满堂。

四时草木、花卉，皆有深意、情怀和寄托。

秋天，天高云淡，长风浩荡，足可抒发胸怀，任思绪自由驰骋到广阔浩渺的云天里去。

仰观宇宙之大，俯察品类之盛。

秋天的花卉主角，当属菊花。不是花中偏爱菊，此花开尽更无花。

小学教工宿舍的窗台底下，摆了几盆菊花，金黄色、橘色，花瓣似蟹爪，<u>丝丝缕缕</u>。

噫，菊之幽香，似药香，清冽而悠远，<u>丝丝缕缕</u>地，钻进了鼻子里。

种花的是一位姓吴的老师，穿白衬衣、黑裤子，戴着黑框眼镜，迎风伫立，风姿洒然。在小镇上，再也找不出这样风雅的人。

吴老师擅种菊花，就像有人擅画画、写字。他种的菊花，品相最好，花形最美，香气亦最盛。

小镇上的人向他讨要一盆。他笑嘻嘻应允，从不吝啬。

他是真正的爱花人，种花，是为了让大家皆可以欣赏，而不仅仅为了一人独占。

时隔二三十年，仿佛仍能看到他颀长的身影，伫立在朗朗日光下。

仍能闻到菊花清冽、悠远的香气，从旧时光里传来。

2. 桂花酒

今年的桂花才开了一小拨，忽而又不开了。

也许是这几日气温持续蹿高的缘故。

桂花是秋天的树，只有等到天凉下来了才开花。天不凉，她就不开。

好比一个女子，等待一个心仪的男子。如果他不出现，她就不嫁。

真是痴心的人、痴心的花呀。

我爱秋日，也许是因为那一株桂花树。

我家小院的花坛里，爸爸栽了一株桂花树。起先栽下时是小小的一株，隔了三五年，已蔚然长成一株大树。

花开时，米粒似的花朵，密密匝匝，撒在青枝绿叶间，煞是好看。

我爸这个农夫，也不由看得呆掉了。

乡下四时草木、风物，不断变幻。我爸的电话也不停地打过来：海棠花开了，红叶李花开了，荷花开了，桂花开了，菊花开了……到了冬天，电话那头，我爸像小孩子一样兴奋地嚷嚷，下雪啦，雪花开了。

而我岂会不明白，一个老父亲的心思呢。花开不过是借口和托词，我爸是想他的闺女了，借着赏花的名头，让闺女回家去看看。

于是我便佯装不知，借着花的名头，欢欢喜喜回乡下。

海棠花开时，摘一束海棠，插在古朴的瓶子里。

红叶李花开时，伫立在红叶李花树下，怔怔发半天呆。

荷花开时，拿一柄长钩去荷塘边，钩到一朵硕大的荷花，欢喜雀跃不已。摘下几个淡青色的莲蓬，摆在案头当清供。

我妈撇撇嘴，这些个花花草草，有啥用处。

我妈不知，无用之物即是美好之物。一样东西，若是只看用途、好处，不过是一件寻常物。正是因了一点用处也没有，方才显得不寻常，是一件艺术品了。

譬如一幅画，挂在墙上，只是赏心悦目、令人心生愉悦罢了。要说现实的好处，还真是说不上来。（当然，有的画很值钱。）

我自然不会对我妈说这一通道理。我只是说，我喜欢呀。

我爸说，闺女喜欢就好了嘛。瞧你妈，忒俗。

我爸年纪大，日子也过得风雅起来。种树，修枝，栽花，打理院子。

有一次我回乡下，看见他爬到高高的围墙上，修剪一株树。

我的心差点儿跳出了胸膛，爸，快下来。

我爸说，没事，稳当着呢。

我站在围墙底下，看护着我爸。

我爸修完树，"嗖"的一声跳下来，状若顽童。

我爸嘿嘿一笑，闺女，你不晓得，爸从前会轻功。

呵，从前，那是多久远的时光，五十年？六十年？当爸还是一个小男孩时，把沙包绑在腿上，每天跳几百个蛙跳，爬围墙，上屋顶，试图有一天，扔掉沙包，可以飞檐走壁。

也许每一个小男孩，小时候皆以为，有一天长大了，可以成为武功盖世的大英雄。

只是不知不觉就老啦，这一具肉身日渐衰老、沉重。我爸叹着气。

生老病死，无可奈何。这十余年，我爸一直被腿疾纠缠，更觉英雄气短。幸而今年遇见一位上海的鲍教授，去看了几次，腿疾渐渐好转。这不，一两个月未曾犯病。

爸欢喜得很，逢人就说，我闺女孝顺，带我找上海专家看病，把这一条老病腿给看好啦。

前几日，小院里的桂花开了，香气清淡悠远。

爸摘了桂花，晒在竹匾里，嘱我妈做一屉桂花糕。

爸又说，今年再酿一瓮桂花酒吧。

爸说干就干，把桂花与白砂糖拌匀，装入瓮中，密闭三天。等桂花在暗处发酵，沁出晶亮的汁液，就倒入老白酒，再把瓮口封起来。爸说，这一瓮桂花酒，等你搬新房子时，到你家花园里去喝。

人间有味是清欢。

清欢是清洌、甘甜、芬芳，而又有远意。

这一壶桂花酒，亦蕴藏着人间的情意、世上的恩慈。

3. 清冷与贞静

今日看到雪小禅的一句话：所有人都随波逐流时，你要保持清醒。在浮躁中有清冷与贞静。

我喜欢清冷、贞静这两个词。

清与冷，两个字有凛冽之意。私底下以为，一个女子热烈、妩媚，皆不如贞静好。贞静是一个女子最美好的姿态。

其实一个人随波逐流是很容易的。说与别人一样的话，做与别人一样的事。不用动脑筋、费力气，泯然于芸芸众生，十分安全妥帖。

在我们的基因密码里，藏着一个人的自保之法。我们的祖先早就明白：行动举止要尽量和别人保持一致。不然就会遭到攻击、排斥，就会有危险。

一个人保持清醒的头脑是不容易的。众人皆醉我独醒，醒着的这个人，很容易被视为异类。

一个沉默、寡言的人，很容易被人认为是孤高、桀骜、不驯的。

一个清冷、贞静，与人群疏离的人，很容易被人群攻击。

这个人，整天板着一张脸哪，好似欠了他几百块钱。别人在背后指指戳戳。

许多人以为，每天应酬不断，聚会派对，友朋众多，前呼后拥，才是成功人士。

不知那一种热闹喧哗背后，是寂寞和苍凉。

满地果皮瓜子壳，杯盘狼藉。隔夜酒醒来，不知身在何处。

噫，比起这样昏昏沉沉、醉生梦死的日子，我觉得清冷与贞静，实在是一种美德。

与其一天天浑浑噩噩度日，不如一个人独处、静思、修心。

时间有限，人生有涯，要是朋友太多了，哪里可以应付得过来。人生得一知己足矣，若是一人不够，那就两三人，围坐在一张木茶几旁，两三个青瓷茶杯，一壶茶，慢慢地饮。

光阴凉薄，花影暗移，就这样喝到暮色起，一轮黄月亮从茫茫人海中升起来。

一壶青梅酒，喝至薄醉。切记醉态不可露，尤其是女子，若是醉了吐一身脏物，披头散发，卖萌撒泼，模样实在可怖。在醉意刚刚升起来的那一刻，面色微有酡红之际，就可以把酒杯放下了。

起身辞别友人，伫立在小院门口，轻轻说一句：今夜月色真美。

月亮的清辉洒在淡青色袍子上，有一股清冷与凛冽。

那个人的背影，多么贞静。

岁月亦清冷而贞静。

　　一个清冷贞静的人，早就看淡了滚滚红尘、繁华人世，懂得了一个人的光阴，最是自在、妥帖。一个人低眉、敛目，独处。一个人孤芳自赏，桀骜不驯。一个人清冷贞静，安然喜悦。

4. 故人不相忘

　　我在天目山遇到越峰。越峰浓眉、大眼，相貌堂堂。虽是初见，犹如故人。

　　越峰邀我去田野里看他的作品。

　　两竿瘦竹，一男一女，谓之"乾坤"。

　　一个梯子，可上九天揽月，谓之"月亮的天梯"。

　　还有"大地的书简""高风堂""月光亭"。

　　我们在田野里，跑过来跑过去，一派天真烂漫，好似回到童年。

　　我说，越峰，特别特别喜欢你的作品。

　　越峰说，简，特别特别喜欢你的率真。

　　旷野里的风，沁凉而温柔。吹过来，又吹过去。

　　这是一次美好的遇见。越峰于我，是新朋友，亦是故人。

　　青青姐也是故人。她是相见茶舍的女主人，茶舍在相见村里。

　　相见村是一个山顶上的小村子，山势颇陡峭，多弯道，一个岔口是一帧风景：墨绿的山，染了金色、浅黄、淡红，是初秋的景致。

　　茶舍坐落在一个平台上，有一扇柴门，打开时，吱呀一声。

　　一扇玻璃窗，挂了米白色的窗帘，绘着草木、花卉。

　　十分悦人眼目。

茶舍靠窗摆了一张长长的茶台，上面置了各种茶器：日本铁壶、汝窑茶杯、紫砂壶、青瓷碗。几个古朴的陶瓶，插了山上的野花。

落地玻璃窗，映照出远山淡影。

若是冬日，围炉煮茶，看窗外茫茫飞雪，想来亦是一桩美事。

青青姐一见我，就给我一个大大的拥抱：嗨，亲爱的简。很高兴又见到你呀。

午饭在茶舍吃，青青姐端上来台湾四神汤、天目笋干、盐水花生、清炒西葫芦、土豆炖牛肉、炒鸡蛋。

淡绿色条纹餐垫，青釉小碗，水晶玻璃杯。

众人饮茶，吃菜。

忽然席间有人问青青姐，潘先生身体可好？

青青姐笑着说，家父身体挺好的，多谢挂念。

我这才明白过来，原来青青姐是大峡谷董事长潘先生之女。潘先生是前辈，办了二十年《浮玉》杂志，我曾是《浮玉》的作者，受邀参加过一次笔会。记得那一次，潘先生亲自接待我们，并讲述了他的创业史。

初遇青青姐时，她未曾与我提一言。

今日，她亦未多提，只是说：家父现在退下来，日子清闲，终于可以做喜欢的事。家父经常告诫我，一个人，要有自己喜欢、热爱之事，并尽力去做好那件事。当初开这间茶舍，起初董事局并没有通过。后来，家父见我实在喜欢，特地拨出资金，让我开了茶舍。

青青姐说，开这间茶舍的初衷，只是为了上山的人，爬山爬累了，有一个歇脚处，可以喝上一碗热茶。

青青姐素颜，衣着朴素，说话轻柔、温婉。

青青姐说，简，明日带你上山，去看我相中的几栋老房子。我太喜欢那几栋老房子了，站在它们面前，仿佛回到了旧时光里。

青青姐亦是故人、知心人。

我爱这一个古朴的村子，山野的日常，朴素、动人的光阴。

我亦爱老物件、旧时光。手头在写的一本书，名字就叫《旧物记》。

夏末至初秋，几次上山，不过是为了与故人邂逅、重逢。

故人不相忘，惜君如往常。

中秋节，与友人小聚、茶叙。友人是相交二十年的故人，温暖有情意，赠我正山小种。在我家小花园，一株桂花树底下，泡一壶茶，慢慢地饮。

　　月亮似一只十二寸的比萨盘子，洒下满地清辉。花影轻移，幽香暗传。花树下的两个女子，柔声细语，闲话家常。

　　我知道，这便是最好的时光了。

早上，在走廊上闻到一阵桂花的香气。

那香气似蜜，甜甜的，袅袅的，幽幽地钻进鼻子里。

好香啊，忍不住吸了一口气。

秋天，最美好的事莫过于桂花开了。

桂花是秋天的花树。别的花树都偃旗息鼓了。紫薇熄灭了余火，菊花也残落了。只有桂花，这时节闹哄哄地开了。

桂花一夜之间忽然绽放。桂花未开之时，淡青色的花苞，硬邦邦似米粒，不，比米粒还小。呼啦一下开了，密密匝匝，细碎的花朵，夹杂在青枝绿叶间。路过一株桂花树，是要轻轻屏住呼吸的。

因为那香气太过黏稠、甜蜜、浓郁、盛大。人便觉得有点恍惚，不知所措。

犹如跌入一口蜜缸，被巨大甜蜜的气息所裹挟。

我不知世上还有别的什么花，比桂花更香、更甜蜜。

闻香识花，说的就是桂花吧。桂花因其盛大的香气，独占秋的鳌头。甚至于花朵太细碎、颜色太素淡，这许多的缺点，也可以忽略不计了。

桂花可以制凝露。采采小院的钱老师，摘了桂花，晒干、过滤，制成凝露。涂在脸上、手上，闻之有淡淡的幽香。一瓶桂花露，可以用小半年。去年秋天，我买了一瓶，用到今年上半年才用完。

纵使在萧索的冬日，抹上一点桂花露，一颗心也是安然喜悦的。愈是凛冽的日子，愈贪恋那一点甜蜜的气息。

桂花落了，芬芳犹在。好似那个人离开了，他温暖的气息仍旧在。

人至中年，已经懂得矜持、静默。不再与往事纠缠，不再要死要活地去爱一个人，恨一个人。

爱与恨，不过是内心的魔障，不如学会放下。不是你的，终究有一天会离开。舍不得的，终究有一天要舍得。

人生到后来，不过是学会与自己相处，与天地宇宙、草木山河相处。一个人的光阴，波澜不惊，欢喜自在。

那天，在岱山与朋友们茶叙。一个朋友说，我不多情也不浪漫，现在的我，心如止水。

心如止水，四个字，掷地有声。

一个人，究竟要多久，才能修炼到这样的境界，面对好物、良辰、美景、佳人，心如止水，不为所动。

不贪恋，不占有，只是远远地欣赏。

像观一幅古画。像隔着橱窗，看一个汉代的白瓷碗。

内心从容、贞静、妥帖、安稳，任由光阴在身边哗然而过。

我爱这一刻的从容与贞静。那一份从容与贞静中，有天长水阔、豁达舒朗。是一个人修炼到了一定的境界，才会呈现的气质与风度。

中年是一生中最好的时光。运筹帷幄，一切了然于心。人世的酸甜苦辣都尝过了，该经历的都经历过了，该拥有的也都拥有了。

不再孟浪如少年，亦不至于太过老迈，恰是一生中最厚实、沉稳、丰富、迷人的时候。

难怪有年轻女孩子，会迷恋中年男子。

于涉世未深的女孩子而言，中年男子是一杯毒酒。她情愿含笑饮下这一杯毒酒。

忽而有一天，那女子到了中年，不再为爱情寻死觅活了。懂得了爱一个人，是细水长流，日常烟火，举案齐眉，相敬如宾，执子之手，与子偕老。

为他洗手作羹汤，照顾他饮食起居，一日三餐四季。这样的爱情，才会稳妥、牢固、天长地久。

这是中年的爱情，烈焰熄灭，余烟袅袅。恰是余烬最温暖，自掌心直抵心扉。

弟媳开刀，弟弟从江苏风尘仆仆回来，不说一言，只是握着妻子的手，眼神中满是关切、疼惜。

看到这一幕，我转过头，眼中含泪，心底却荡漾笑意。

过尽千帆皆不是。唯独眼前人，是心中的挚爱与珍宝。

仍旧来说桂花。桂花糕，我极喜欢吃。每次去逛月河，看见玫瑰糕、桂花糕，我都会买几块。刚出炉的桂花糕，甜甜糯糯，吃起来黏牙齿。一朵桂花，黏在贝齿上，笑容也显得格外灿烂、美好。

桂花糕买回家当茶食。喝茶的时候，切一小块桂花糕，喝一盏茶，吃一块桂花糕，只觉这样的日子安然喜悦，可以一直到永远。

　　女友自酿了桂花蜜枣酒。桂花浸了蜜枣，那甜蜜的气息似乎愈发浓烈了。饮了一杯桂花酒，再喝一碗昙花糖水。昙花难得一开，这次统共开了五朵，食材珍贵，浪费了可惜。于是与银耳、莲子、百合同煮，制成一味甜水，据说乃润肺止咳的佳品。

　　吃花，是一件风雅的事。有一年去衢州，吃到栀子花，洁白的一盘，众人举箸，我也夹起一朵，塞到嘴里，只觉满口幽香。

　　还有南瓜花，裹了面粉油炸，吃起来亦香甜可口。

　　世上的花千千万，若是每一朵都采来尝一尝，兴许可以写一本《食花记》。

　　好日子就是等一朵花开，观一朵云，与一个人，伫立在廊檐底下，看一枚月亮。

　　从盈到亏，从满到损，即是一生。

　　桂花开，桂花落。

　　一生不过几十载花开与花落。

　　满城尽是桂花香。

　　在桂花布下的迷魂阵里，耳畔响起一首歌：

　　"一城风絮，

　　满腹相思都沉默，

　　只有桂花香暗飘过。"

　　桂花是寂寞的花。欢浓之时愁亦重。那个在桂花树下走过的女子，她心中怀着怎样的寂寞与忧愁呢？不说，不说。

思远人

晏几道

红叶黄花秋意晚，千里念行客。
飞云过尽，归鸿无信，何处寄书得。

泪弹不尽临窗滴，就砚旋研墨。
渐写到别来，此情深处，红笺为无色。

枫叶红了，菊花遍地开，又到一年晚秋时节。

浓浓的秋意，浓浓的思念。我想起了念中学时，那个给我写信的文学社少年。想起有一年秋天，一拨人去莲花岛吃螃蟹。想起了摆渡去外婆家，河对岸，外公大声地喊我"小橘子——"。想起了乡下人家储藏红薯、大白菜。

也想起了有一年驱车去丽水，于满天星光下，在一户农家的院子里，吃剁椒鱼头、蒸腊肉、芋饺，饮一杯香喷喷的菊米茶——生命中那些温暖动人的日常，温柔馨香的时光。

〔辽〕佚名《丹枫呦鹿图》（台北故宫博物院藏）

秋天的花与吃食

1

"春阳如昨日，碧树鸣黄鹂。

芜然蕙草暮，飒尔凉风吹。"

这是李白的一首五言诗。

寒露以后，天气骤然变凉，凉意一点一点升起来，落在道路上、小河上，也落在芒草和芦荻上。

草木最先知晓秋声。常常人还未知未觉，穿汗衫短裤，以为还在伏天，草木已经蜷缩起叶子，飘起白絮。

寒露寒露，遍地冷露。一年的三分之二已经过去，只剩下三分之一，余额已不足。很快是晚秋，尔后是冬日。

时光匆遽，一去不返。

长江滚滚，落木萧萧。立在人生之秋，一颗心恍恍然，难免有了寂寞、寥落之意。

庭院里的紫薇花也将开尽了，枝上垂挂着残花，如揉皱的裙边。

想起盛夏某日，驱车经过南湖大桥，只见马路隔离带上开着妍丽锦簇的花，心下讶异，这是什么花，大热天开得这般好。

脑海里忽然跳出两个字：紫薇。

有一年重阳节去登西山，看到一株百年紫薇树，也是这样锦簇的花团。

记得那时伫立在紫薇树下拍了一帧照，团团脸，笑嘻嘻。眼睛一霎，已过去十年。

又念及少女时与一个少年通信。那个少年是文学社社长，那个文学社，叫紫薇文学社。多年以后，早已与少年失去联络。却仍记得那年黄昏时分，少女穿一件天蓝色马海毛毛衣，胸前绣一只小白兔，人亦活泼、跳脱如小白兔，蹦蹦跳跳去学校传达室取信。

紫薇花萎谢了，熄灭的余烬之上，仍有淡青色的花蕾，止不住地冒出来。

2

在走廊上闻到幽幽桂花香。

第二波桂花开了，距离第一波桂花绽开已过去半个多月。前两天还讶异，今年的桂花怎么不开了呢。往年，好似还要开得更持久一些。

每天中午，带孩子们去食堂，路过楼下几株桂花树，都要伫立一会儿，青枝绿叶，已然沉寂。

这一阵幽香，是银杏园中，另外几株桂花树。

想必当初种的人，颇花了一番心思，栽种之时，错了下时间，令花期有先后。如此，桂花树便可前赴后继、持续不断地开花。

桂花的香气，幽幽的，袅袅的，直往人的鼻子里钻。如丝如缕，绵绵不绝。

秋天，我走路总是吸着鼻子，因为贪恋桂花的香气。桂花亦不辜负我，在幽深小径、林荫路上悄然与我相遇。

每一次遇见，皆是欢喜。

造物有情，因为桂花的花朵细碎、微小，所以才赐予她格外浓烈的香气。好比个子娇小的女人，总是长得更好看一些。

秋天，有妇人在桂花树下打桂花，桂花落在妇人的青丝上、藏蓝色布袍上。妇人的神情柔和，姿态美好。

桂花打下来，晒干，制桂花糕、桂花酒酿、桂花茶。但凡一样吃食，撒上些许桂花，便有了说不出的好滋味。

桂花开了，螃蟹也上市了。

秋天吃螃蟹，是一件雅事。黄澄澄的大闸蟹，用蓝白棉绳扎着，锅子里蒸熟了，放到盘子里。一只只解开，卸下铁甲，吃里面的膏、黄。再把蟹脚、大钳子里的肉，也一一挑出，吃干净。

螃蟹好吃，蟹黄尤是。我以为世上最好吃的东西就是蟹黄了，用什么比喻蟹黄的美味呢？嗯，想了半天，仍旧说不出来。蟹黄之美，只可意会不可言传。

蟹居有一道蟹黄粥。取雪蟹的膏黄，打碎，端一只火锅，用勺子把米饭碾碎，倒入蟹黄，一边搅拌一边煮，至稠，撒上葱花、虾米、紫菜、蒜末。这一碗蟹黄粥，吃起来鲜得掉眉毛。

秋天，吃一碗蟹黄饭。花半天工夫，坐在廊檐下，把蟹黄、蟹肉掏出来，拌在白米饭里，倒上少许日本酱油。这一碗蟹黄饭，有着旷世好滋味。

有螃蟹吃，日子真奢侈啊。

想起有一年秋天，一拨人去莲花岛吃螃蟹。月黑风高，快艇劈开水面，甚是惊心动魄。更惊心动魄的是进了一家黑店，老板娘是个三角眼的女人，我们差点被困在莲花岛上回不来。

时隔多年，忽而忆起，亦觉那是生命中难忘的一日。

3

冰箱里储藏了几只蟹。一个人的晚餐，就蒸一只蟹，炒一碗青菜。青菜是爸爸从乡下小院摘的，碧绿霄青，吃起来又糯又甜。

国庆节女友来家里，席末，炒一盘青菜端上来。女友大大地赞叹这盘炒青菜，说是滋味孤绝，天下无双。

女友的话当然过于夸张，不过心底替我爸得意：我爸种的青菜，是天底下最好吃的青菜。

一盘炒青菜，亦有世上的恩慈。

我爸病好以后，又来城里上班。起先怕我晓得了骂他，不敢告诉我。后来，我妈说漏嘴了，他嘿嘿地笑。自从爸来了城里，隔一两天回一趟乡下，送一些新鲜蔬菜到我家。

有时下班回家，地板上躺着一堆青菜、萝卜，便晓得爸来过了。

爸每次悄悄地来，悄悄地走。

可是看得出痕迹：餐桌上的剩菜剩饭，收拾过了，并且擦拭了一番；水槽里的碗，清洗过了；有时还拖了一遍地。家里新买了戴森的吸尘器，爸每次来，都像老顽童一样，拿着吸尘器满屋子跑。爸说，这个好玩。又问，贵不贵。当晓得要好几千块，爸咋舌，太贵了，一百块还差不多。（爸觉得一百块是巨款。超过一百块的东西都太贵。）

这时节，爸送的蔬菜有青菜、萝卜、杭白菜、蒲瓜、扁豆、芋艿、番薯。今年爸种了一亩芋艿，芋艿的叶子长得比房顶还高。爸一麻袋一麻袋挖芋艿，馈赠给亲戚朋友。

爸种的芋艿，吃起来又软又糯，比起菜市场买的，不知好吃多少倍。

爸种的番薯，皮红彤彤的，有着盛世美颜。爸骄傲地说，番薯的皮愈红，滋味愈甜。

我总疑心爸会魔法，在大地上随便一撒籽、一播种，就种出了最好的蔬菜、瓜果。

爸嘱咐我，吃不掉，就赠给邻居吃。我挨家挨户去敲门，收获了饼干、巧克力，N多的回赠礼。爸下次来，我让他把回赠礼带回去。爸搓着手，这怎么好意思，青菜又不值钱，怎么能收别人的东西？

我说，爸，邻居们都夸赞你种的青菜、萝卜好吃。

爸嘿嘿一笑，真的呀。

当然是真的。

爸像小孩子听了表扬似的，满脸欢喜。

把青菜装在保鲜袋里，撒少许清水，一袋袋扎好。放冰箱里三五天，仍旧像刚刚摘下来的。

我家冰箱里，四时蔬菜不断。

纵然一个人在家，我也认真地做饭、炒菜，舍不得浪费这些纯天然绿色无公害蔬菜。

扁豆好吃，切成丝，蒜头切碎，热油爆炒，加水焖熟。

杭白菜炒油豆腐；萝卜用刨子刨成丝，清炒，撒上葱白。

蒲瓜去皮，挖出瓤（这时节的蒲瓜，略有点老了，须去瓤），切块，清炒，撒上一把虾皮。

每天翻来覆去，不过吃这几样蔬菜，却怎么也吃不厌。

好日子不过是一碗白水青菜。布衣素食，简静生活。

4

秋天，橘子也上市了。我以为，橘子是一种顶神奇的水果。一瓣一瓣的橘子，形似一瓣唇，吃起来酸酸甜甜，犹如初恋。

母亲喜食橘，橘子上市时，提个杭州篮，一篮子一篮子买回来。

橘子放久了，皮风干了，滋味愈发甜，简直甜齁了。

我的小名叫小橘子。小橘子，一听就是一个可爱的女孩子，对不对？可是小时候，我讨厌这个名字，因为那些坏小子，总是喊我烂橘子。烂橘子！我经过时，他们一起起哄。起初我生气极了，追着他们打。后来，我识破了他们的诡计，原来，他们喊我烂橘子，是想让我生气、恼火，我才不上他们的当呢。

外公亦亲切地叫我小橘子。每次摆渡去外婆家，远远地，听见河对岸外公的声音，哎——小橘子喂——。外公撑着小船，似一支箭，从河对岸射过来。坐上外公的小船，吃外公刚从瓜地里摘下的蜜瓜、甜薯，呵，旧时光多么清甜。

外公的眉毛白了，我叫他白眉大侠。

外公故世已有十年了。至今我仍想念这个可爱的老头，我最亲爱的白眉大侠。

秋天，野草黄了，荻花白了，去野外摘一捧荻花，插到阔口陶瓶里，有一种说不出的美。布袍子上沾了白白的絮、野草的籽。天地如同拉开的大幕，又像一幅巨幅油画。人置身于画中，有了幽远与古意。你会看到萧索和荒凉，可你会觉得那萧索和荒凉很美，亦会生出思索和领悟：万物既有兴，就有亡，兴亡相存，悲欣交集。

廊檐下的一盆菊花开了，花团硕大，犹如蟹爪，闻之有醉人香气。

桂花、菊花，皆是秋天的花，有沁人的香气。抑或秋天本身有沁人的香气。

热爱秋天，因了热爱桂花、菊花、螃蟹和橘子。总觉得这些花与吃食上，有着日常的滋味、人间的烟火。

秋风起时，不如在一株桂花树底下，煮酒，吃蟹。喝一盏桂花茶，与你细诉恬淡的岁月、流水的光阴。

闲来乱翻书，看到《山家清供》里有一篇《冰壶珍》。太宗问苏易简曰：食品称珍？何者为最？对曰：食无定味，适口者珍。

苏易简以为最珍贵的，是一碗腌菜汁。

每个人都有自己的口味，适合自己口味的食物最珍贵。爷爷爱吃豆腐乳。豆腐乳是红腐乳，四四方方，豆腐干大一块，浸在大红色的汤汁里。

小时候，小镇上的杂货店里有一缸红腐乳，论块卖。一块红腐乳，大约一角钱。五个角子，可以买六块。

通常由我和弟弟，捧着一只搪瓷碗，去杂货店买红腐乳，有时候也买黄酒、飞马牌香烟、酱油、火柴、榨菜头。总之，那时候我们是打酱油的小孩。

手心里牢牢攥着爷爷给的一把角子，攥得汗津津的。叮当一声，把角子扔在柜台上。柜台后面的女人，用一双长竹筷，夹几块红腐乳，再用一柄勺子，舀一点红色的汤汁。

再多舀一点汤汁吧，我们嚷嚷。

女人遂又舀了半勺汤汁。

我爱吃红腐乳汤汁拌饭。我以为世上最美的，是红腐乳汤汁。苏易简称腌菜汁为冰壶珍，说就算是天上的神厨，用鸾凤做的菜肴，也比不上腌菜汁。那么我以为那一碗红腐乳汤，应是红玉玛瑙珍，拌了白米饭，可以吃下两三碗。小时候肚子通着大海，两三碗饭，三下两下就下了肚。现在终日饱腹，饥饿感消失了。

噫，什么时候饿过肚子？

总是等不及肚子饿，就已经往嘴巴里塞吃的。久而久之，便再也不会有饿的感觉了。对于食物，亦提不起欲望。有人请客，询问想吃什么菜。挠挠脑袋，想老半天，想不出来，随便吧。

你最珍爱的食物是什么呢？问办公室的小女孩。

小女孩想了一会儿说，哈密瓜吧。

还有苹果、香蕉、梨、橘子，好似都差不多呀。

外婆最爱吃柿饼。红彤彤的柿子，吊在屋檐下，像撒了一层白霜。那是柿子的糖霜。

小时候到了秋天，外婆和我坐在廊檐下吃柿饼。柿饼甜滋滋、软糯糯，真好吃呀。外婆的牙齿掉了，只咬得动柿饼这样软糯糯的食物了。有一天，我们会变老变丑，头发花白，牙齿掉落，多么恐怖。可是不必惧怕呢，真的到了那一天，还有柿饼可吃，终究得到一点慰藉。

除了柿饼，还有藕粉羹。泡藕粉若不得法，就会结块。藕粉须先加一点冷水，搅拌，再用沸水冲泡，继续搅拌，至晶莹透明。藕粉羹吃起来有淡淡的荷花香。

外婆仙逝前，什么都吃不下。小姨用勺子喂外婆吃藕粉，外婆

已经极难吞咽，隔老半天，藕粉滑入喉咙里，总算吃下去一口。

小姨等着外婆再吃一口，却见外婆脑袋垂落，双眼轻轻阖拢。小姨的勺子停顿在半空中，哇一声哭出来。

亲爱的外婆，去了另一个世界。那个世界有没有她爱吃的柿饼和藕粉呢？

姆妈爱吃橘子。小时候念课文，读到橘生淮北则为枳。心中讶异，这种果树，多么神奇，土壤地域不同，种出来的果实竟也不同。再仔细一想，一个人，若是在不同境遇里，想必长大以后，亦会成为不一样的人。

村子里有一户人家，男主人是下放知青，腹有诗书，斯文有礼。他的儿子，亦出落成一个斯文有礼的年轻人。我爸是个莽夫，我和弟弟，身上野气腾腾。呵，有点扯远了呢。其实人与树木、花草一样，优良的水土、环境，结出的果实、孕育的人也会优良。

小时候，秋天割晚稻。姆妈提一篮橘子到田埂上，割一垄，有点乏累了，便到田头休息片刻，吃几只橘子。吃了甜津津的橘子，似乎浑身又长出了力气。

我跑到田埂上，追着一只蜻蜓、一只蝴蝶，把草帽覆在脑袋上，看头顶上的蓝天白云。天空湛蓝，浮云悠悠，亦是一生中的好时光。

我会插秧、轧稻，唯独不会割稻。村里的一个女孩子，被镰刀割伤小腿，隔了一个星期，发起高烧，送到医院不治，竟然死掉了。母亲惧怕悲剧重演，绝计不让我割稻，也不肯让我轧稻。轧稻机的轮子，轰隆隆转动，容易缠着稻子，把人的胳膊也卷进去。

母亲宠我，这一份宠爱，直到有一天我当了母亲才晓得。我

一直以为母亲是没心没肺的。十六岁去外地念书，爸一个人到车站
送我。我在异乡，半夜想家，给母亲打电话，母亲接了，在电话那
头嘀咕，大半夜吵得人睡不着觉。言语中颇不耐烦。

　　直到有一天，爸说，你去外地念书，你妈茶饭不思，过了很久
才适应。

　　爸又说，那一次，你半夜打电话，你妈再也没睡着。

　　我以为没心没肺的母亲，原来最深情。

　　我的小名叫小橘子。小橘子，是一个很可爱的名字，对不对？
可是小时候我顶讨厌这个名字，觉得忒俗气。我把橘字改成了娟。

新月正娟娟；娟娟双蛱蝶；千里共婵娟：娟有美好之意。可是几十年后，我忽然爱上了橘字。或者枳字也不错，以植物为名，身上亦有植物的清气。多么好啊。

只是未免后知后觉了些，名字终究是不可更改的了。娟娟，同事如此唤我，十分熟稔、亲切。我亦欢欢喜喜地应答。

世上尚且有宠爱的人、珍爱的食物，足可令人欢喜。

这几年，写了一些关于吃吃喝喝的文字。我的新书《今天也要吃好一点》，就是写写风物与蔬食。这些风物与蔬食，亦为我所珍爱。

每次在公众号上发文，底下总有读者留言。写的文字有人读，并且喜欢读，于我是一种鼓励，于是督促自己写得更勤快一些。

前几日，写了一篇《秋天的花与吃食》，有人留言：到了冬天，经霜的大白菜更甜，现在挖出来的红薯放半个月可以烤着吃了，又香又糯，粗茶淡饭，书香茶香，味亦恒久。

我想告诉那个人，大白菜有个好听的名字叫菘。春之早韭。秋之晚菘。菘这个名字，有盎然的古意，不知有多美。

冬天，北风呼呼吹，走在街上，路过一个烤红薯摊，吃上一个热气腾腾的烤红薯，亦是幸福之事。

烤红薯的香气，真香啊，隔好几条街都能闻到。

不过，我什么也没有说，只是写了两句话，按下回复键。

亲爱的朋友，我把那两句话也录在此处，赠给你：

蔬食饭菜皆美，岁月亦有馨香。

最动人是日常。

爸爸从乡下小院送来大白菜。他说，今年种了一小垄地，谁知长了一大堆，吃到冬天也吃不完。

眉宇之间满是一个农夫的骄傲与满足。

一个十指不沾阳春水的人，是没法体会劳动的艰辛和喜悦的。如我这样成天待在象牙塔里的人，又哪里能明白"春种一粒粟，秋收万颗子"的艰辛与喜悦。

秋天，一个农夫，伫立在田埂上，看到一片金色的稻田，心中便充满了快乐和满足。

大白菜炒油豆腐、油渣皆好吃。油渣是爸爸炸的，买了肥肉，切成块，油锅里炸一炸，捞起来，沥干。炼出的猪油，凝结如奶酪，捞一勺下阳春面，滋味真是好。

爸爸说，你怎么尽喜欢这些个乡下的吃食。

爸爸不知，我从小在乡村长大，长了一个乡村的胃。山珍海味吃起来也觉得不过如此，最爱吃的，是盐芥菜、臭豆腐、大白菜、豆腐乳。

我们的祖先聪慧，那么困顿、窘迫的日子里，仍能留下美味、可口的食物。

绿豆糕，八珍糕，芝麻糕。

青团，南瓜饼，酒酿包子。

炒米茶，米花。

童年的吃食简直可以列出一箩筐。可惜许多食物现在已经销声匿迹了。

譬如米花，小时候吃满月酒，乡下的妇人，互相帮衬做米花，赠送给众邻。做米花是一项复杂的活，具体怎么做的我记不清了。大概是先把糯米粉搓成团，压扁，做成一个个花瓣状，粘合在一起，再下到油锅里炸，炸成一朵花。所以叫米花。

那时候时光亘古悠长，廊檐下绑着一根橡皮筋，"马兰开花二十一，二五六，二五七……"女孩子们唱着歌，跳着皮筋。

送米花的人就在这时候来了，汗津津的小手，接过米花，塞进嘴巴，吧唧吧唧吃起来。

米花真好吃啊，世上还有比米花更好吃的东西么？我想不出来。

对于一个"吃货"，但凡吃到一样好东西，总是满足地叹气。以为是世上最好吃的东西。

七月半，中元节，祖母做一屉酒酿包子，把甜酒酿揉在面粉里，发酵，搓成一个个包子，点上一点胭脂红，放在蒸笼里蒸。祖母做的酒酿包子，是世上最美味之物。祖母去世以后，我再也吃不到那么好吃的酒酿包子了。因那一屉酒酿包子，有着祖母身上的温暖与恩慈。

　　祖母用农历计数日子。她是旧时光里的人，穿藏蓝色对襟布袍，脑后挽一个髻，插一根银钗，银钗上系一朵红头绳花。

　　祖母宠爱我。这么多孙儿孙女，她待我最亲厚。祖母的床头，有一个五斗柜，柜子里有个抽屉，藏着酥糖、柿饼、桂圆等各种吃食。那是姑姑孝敬祖母的，祖母总是会分给我这只小馋猫。

　　我至今仍爱吃甜食，这大抵是小时候吃多了祖母的甜食的缘故。

　　七月三十，地藏王节，那一日晚上，点地藏香。祖母把地藏香插在房前屋后，一根根点燃，屋子被一圈莹莹的光束包围，犹如幻境，我们如幻境里的人。

　　地藏香燃尽，我们一根一根去拔竹签，当作游戏棒，一把撒开，一根根挑起。

　　光阴亘古悠长，我们尽可以沉湎在童年游戏的回忆中，不复醒来。

　　有一日忽而长大，离家。祖母亦垂垂老矣。秋天，祖母倚在门口，等候我回家。我和祖母，相见的时间已经掰着手指可数。

　　十七岁那年夏天，祖母仙逝。我抚着祖母的手，心中并不惧怕。奇怪，村子里的老太太仙逝，我总是逃得远远的。可是祖母躺在那里，我一点惧怕也无。我只觉祖母只是安详地睡着了，随时都会醒转过来。

　　祖母身上的一部分东西，留在我的身体里。尤其是口味、喜爱的吃食，我和祖母几乎一模一样。难怪爸爸会讶异，你怎么和你祖母愈来愈像了。也许到了白发苍苍的那一天，我的容颜也会和祖母相似。

　　那个离去的人，从未离去。

　　大地上仍有一代代她的后裔，替她活着。

也许是因为贪吃，所以我长得胖嘟嘟的。可是，让我舍弃好吃的，换来苗条的身材，我总觉得，那未免太不划算了。

审美情趣，终究抵不上口腹之欲。

我乃彻头彻尾的俗人也。

可是俗人有俗人的好处。譬如，热闹日常，人间烟火。吃一顿大白菜就乐呵呵、笑嘻嘻。

大白菜有个好听的名字，叫菘。

菘，松色入野深。一个松字，已经是好；再加一个草字头，好上加好。写一个菘字，裱起来，挂在餐厅墙上，一定很风雅。

小时候，冬天买一堆大白菜过年。大白菜是可以储藏很久的菜。一棵棵大白菜，蹲在地上，似一个个胖娃娃。

母亲每日下厨房，捞不到什么东西，就去厢房抱一棵大白菜，掰几片叶子，炒一炒。再从瓮里掏一把萝卜干，蒸几个红薯，就是一顿饭。萝卜干撒了酸辣粉，黄澄澄，辣丝丝，极下饭。萝卜干亦可当零食吃，可以与桃干、李子干媲美。

童年的冬天，小河结了冰，人可以踩在河面上，走到对岸去。廊檐下挂了长长的冰凌，似一柄柄剑。

最冷的时候，母亲在屋里生一只炉子，炉子上煮一锅大白菜粉丝汤。挖一大勺猪油，放在汤里，汤汁咕嘟咕嘟翻滚，香气渐渐溢出来。我们肚子里的馋虫也被勾出来了。

至今我仍想念母亲熬的大白菜粉丝汤。

那一锅热气腾腾的大白菜粉丝汤，实在是冬天最美之物，可慰肺腑和肝肠。

　　想起齐白石老人的一件轶事，齐白石擅画白菜，有一天忽发奇想，出门去寻卖菜的老翁，问是否可以用一张画换一车白菜。那个卖菜的老翁黑着脸：滚开，你倒是想得美，想用一棵假白菜，换一车真白菜。

　　齐白石只好尴尬地走了。

　　那个卖菜的老翁，宝贝着他的一车大白菜。那一株画上的白菜，又不能炒了吃，有甚用处？

　　冬日，万物荒芜，只有大白菜孤零零地立在菜畦里，头顶覆着雪。那一株大白菜，是很有诗意的。覆了雪的白菜，吃起来甜津津的。

　　日子亦在时光中慢慢变甜。

　　新房子装修，装了地暖。从此，屋内四季如春，再也不用忍受冬天的寒冷与凛冽。

母亲说，这日子，过得像吊柿子一样甜。

屋檐下挂满了吊柿子，红彤彤，喜滋滋，如一帧画。

下班回家，看见地板上蹲着几棵大白菜。奇怪，这几株大白菜，怎么瞅着有点不一样。

哪里不一样呢，我蹲下来，仔细看一株大白菜，叶子是翠绿的，帮子是白的。

呵，电光石火间，我想起有一年，去台北故宫博物院，看到的翠玉白菜，就是这样子的呢。

那一回买了好些翠玉白菜的挂件，宝贝似的挂在脖子里。走路时，叮叮当当，发出恬然悦耳的声响。

这一棵翠玉白菜，无比珍贵，有绵绵情思，亦有家国情怀。

韶华姐姐说，你写的文字这么雅，人却是俗人。

俗世之人，可不就是俗人么。

俗人的日子，有一日三餐、人间烟火。早上去菜市场买一块肉，放肉桂、八角、茴香、冰糖、酱油，煮一锅红烧肉，煮得满屋子皆是香气。

吃肉多俗，可是多欢喜。

一户人家，若是每天厨房里飘出米饭香、肉香，想必这户人家的日子过得定然是喜滋滋、一团和气。有时晚餐时分，一个人待在家里，隔壁人家煮饭的香气传过来，不由使劲吸鼻子，真香啊。如此，一个人的日子便也不觉寂寞。

纵然一个人在家，我也喜欢自己煮饭、炒菜。

一盘白水青菜，一碗番茄蛋花汤，朴素的日常，亦有了人间烟火气。

烟火两个字，真美。烟花、烟火、寒烟、青烟。一缕烟火，从大地上袅袅升起，便是人间好岁月。

　　寒食节那一天，冷锅冷灶，不食人间烟火，不知多凄清。我喜欢吃热乎、暖和的食物。一碗热粥、热汤，吃到肚里，便觉人世有暖意。

　　有个女同事减肥，每天不吃米饭、菜肴，只吃一杯代餐奶昔、一个苹果。瘦是瘦了，可是代价未免太大了些。若是让我不吃米饭，哪怕能瘦成一道闪电，我也不乐意。

　　吃是一件快乐的事。吃到好东西，一脸幸福，拉着人的衣袖，絮絮诉说那个东西有多好吃。遇见好吃的馆子，也非拉着人一起去。那家馆子的烤肉，真是太好吃啦。还有韩国泡菜。世上怎么会有这么好吃的东西啊。

　　满足得直叹气。

　　也不管那馆子大还是小、环境好不好，只要有好吃的，路边摊也去。

　　新房子小区门口有一家小饭店，名字叫方圆饭店，很小的门面。门口摆着一张长条桌，十来个盘子，摆着各色菜品。那天中午一家人进去吃了一顿。点了套肠、南湖菱毛豆子、咸菜汪刺鱼、野菜丸子粉丝汤、青椒炒豆干。

　　五个菜，吃得干干净净。

　　这是我吃到的最好吃的一顿饭。尤其是套肠，肥而不腻，实在太好吃了。

　　我喜欢吃猪下水，猪肚、猪肠子、猪肝，诸如此类的东西。大概因为小时候过年杀猪，舍不得吃猪肉，先吃这些内脏。猪肝炒雪菜，是小时候吃到的最好吃的一道菜。还有猪肺汤，我们叫肺心汤，放一点猪血、粉丝，再撒上一把青葱，鲜得掉眉毛。

猪肠子，多么恶心的东西，可是洗干净，套成一个圈，煮得烂熟，实在是无上的美味。

小时候的口味，一生不会改变。小时候喜欢吃的东西，长大了仍旧爱吃。只是自己不会做套肠，饭店也很少有卖套肠的（做起来实在太麻烦），这一家简陋的小饭店，却还保留了这一道菜。

问老板娘，是自己亲手做的么。

老板娘笑着说，是啊，小店利薄，一切都自己动手。洗菜，择菜，做野菜丸子、套肠、糯米藕。老头子掌勺当厨子。

虽是家常菜，可是丝毫不马虎，就像做给自家人吃一样。因此附近银行、公司上班的人，中午都喜欢来吃炒菜。

午间，客人络绎不绝，很快坐满店堂里的几张小方桌。穿白衬衣的银行职员，中午来到小饭店，点一盘白切鸡、一份红烧肉、一碗白米饭，吃得惬意极了，仿佛吃到了姆妈菜。

想来因了这缘故，这一爿小饭店，生意才格外兴隆。

夏天去临安，在一家民宿，吃到糖醋小排、炸春卷、芥蓝。三道菜，装在白瓷盘子里，由女主人亲自端上来。木餐桌上摆着一个黑釉花瓶，插了小溪边采的野花。落地玻璃窗外，远山淡影，朦朦胧胧。只觉这是最好的光阴了。

更久远的记忆，是在沱江边。在一家门口挂了蜡染布匹的小饭馆，点了一条清蒸鱼、一盘鱼香肉丝、一道番茄豆腐汤，还有两碗冰镇绿豆汤。黄昏时分，夕阳映照在沱江上，柔情而旖旎。

这样柔情而旖旎的时光，一生中后来不再有。

有一年驱车去丽水，于满天星斗下，在一户农家的院子里，吃剁椒鱼头、蒸腊肉、芋饺，饮一杯香喷喷的菊米茶。那真是记忆中浪漫而难忘的一顿晚餐。

一日三餐，米饭、蔬菜、鱼虾、红烧肉、水果、酸奶，只要有好吃的，我便无限欢喜。

友人带我去吃私房菜。一个小包厢，端上来几盘菜：一盘水煮虾、一个土鸡煲、一盘莴苣笋、一道蟹黄豆腐。盘子奇大，菜色精致。私房菜是最近两年流行起来的，没有菜单，老板接了单，做自己最拿手的几道菜。客人吃了，口口相传，招揽生意。

只是私房菜一日只做一两桌，很难订到，需提前好几日预订。因此友人的这一份邀约，亦显得十分郑重。

那一日，饮了几杯桂花酒。席散，走在大街上，满街飘着桂花香，一颗心不由得微醺沉醉。不知是酒香、花香，还是友情的芬芳。

人生也许是寂寞哀愁的，然而寂寞哀愁之中，亦有欢乐开怀的时刻。

日常也许是平凡朴素的，然而平凡朴素的日常中，亦有惊天动地的美。

若可以每天醉心于一粥一饭、一蔬一食，当个俗人又有何妨？

烟火最是可亲，俗人才最可爱。

苏幕遮

范仲淹

碧云天，黄叶地，秋色连波，波上寒烟翠。

山映斜阳天接水。芳草无情，更在斜阳外。

黯乡魂，追旅思，夜夜除非，好梦留人睡。

明月楼高休独倚，酒入愁肠，化作相思泪。

黄叶堆积，秋色绵延。是深秋时节了呀。

秋天，带孩子们去银杏园捡银杏叶；泡一壶茶，慢慢地饮；去三塔、石佛寺看银杏树，在一株千年的银杏树下参禅、静坐……

生活的趣味，日常的欢喜，似乎就在吃茶、拈花，这些无用之事上。并且在这些无用之事上虚度、浪掷掉许多光阴。

越来越笃信：好光阴是用来虚度的，用来虚度的便是好光阴。

〔宋〕佚名《江妃玩月图》（上海博物馆藏）

1

早上带孩子们下楼去银杏园。

八株银杏树，从春到冬，叶子由碧青转作金黄。

很奇怪，人对于每天见到的事物，总会视而不见。对银杏树亦如此，一天一天，并不觉得有什么显著变化。今天抬头仰望时才发现，银杏叶子黄了呀。

秋天亦已到了末尾。再隔两日，就是立冬了呢。

人生四季，少年盛年中年老年，不知不觉到来。

立冬两个字，有了凛冽之意。晚秋尚是好时节，到了立冬，一切已然不同。

昨日还是繁花似锦，今宵已是霜冷长河。

中年以后，很多事情渐渐看明白、想通透。爱与恨、情与仇，不再痴缠与纠结。

不喜欢的人，就避而不见。不喜欢的事，就不去做。懂得舍弃、放下，也明白了得到的失去的、最好的最坏的，都是上天赐予的礼物。

坦荡、率真、淡泊、喜悦，永葆一颗赤子之心。

心存热忱、善良与美好，就是最大的福祉。

好好吃饭，好好工作。踏实睡觉，不被梦魇缠绕。不辜负时光，不辜负爱你的人。

人生最美好的事情，不过是做自己喜欢的一切事情，喜欢、悦纳自己。

新房子装修得差不多了，沙发、茶几也陆续搬进去了。装了无印良品的窗帘，米白、淡绿、橘灰，搭配烟灰色地板，格外好看。

好日子就是面对良辰美景、吃食好物，生出欢喜之心。

与孩子爸说，这里真安静啊，听得见小虫子的鸣唱。月光落在窗前，像覆了霜。

一辈子，可以住在这么好的房子里，真好呀。

孩子爸说，是啊，你喜欢就好。

孩子爸寡言、木讷，从不说甜言蜜语。可是有什么好吃好喝的，他第一时间想到妻女。吃一只螃蟹，也要把蟹黄夹到我们碗里。再把蟹脚掰下来，分给我们，一人四个。

我咬不动。孩子爸说。他患了牙周炎，牙齿脱落，咬不动硬的东西。

女儿心疼他，爸，你早点去种牙哦。

他答，嗯，有空就去。全然不放在心上。

他是一头扎到工作里出不来的人，晚上也抱个电脑待在书房加班。

等他回房，我都睡了一觉。我贪睡，十点以后即瞌睡懵懂。他呢，十二点睡，早上六点雷打不动起来，沿着绿道跑几公里。

他说，不锻炼，哪来的体力。你也要好好锻炼了呢。以后下班走路回家。

又说，女儿嫌弃你胖了。

你呢，你嫌弃我不？

他摇摇头，不嫌弃。你变成老太太，我也变成老头子了呀，我俩谁也别嫌弃谁。

年少时，我以为轰轰烈烈才是爱情，找一个人私奔，闹个惊天动地、天翻地覆才好。现在我以为，最好的爱情，是携手白头。两鬓斑白的老夫妻，脸上长满了老年斑，走路跌跌撞撞，彼此搀扶着下楼散步，买菜，做饭，有说有笑。谁说这不是最动人的爱情。

所以，对于良辰美景，挚爱亲人、朋友、伴侣，要格外珍惜和珍重啊。

2

伫立在八株银杏树底下，许多记忆忽然涌现。

小时候，故乡的寺庙门前，有两株银杏树，一雌一雄。寺庙的僧人，用围栏把银杏树围起来。每年秋天，小学的老师带着孩子们，浩浩荡荡穿过老街去寺庙，这一支队伍是很旖旎的。

我们在银杏树底下捉迷藏、玩耍。猛然抬头，只见湛蓝的天空下，银杏树巨大的树冠笼罩着寺庙的金顶。那成千上万只黄蝶，振翅欲飞。

那一刻，童稚的心颇受震撼，呆呆立着。隔很久，老师的声音传过来，排队啦，集合啦，才悠悠醒转过来。

那一日，顿悟到什么是美。

美是凋零、残落、寂灭。

美是惊讶、茫然，呆呆立着，不发一言。

一只小黄蝶，栖落在我身上。于是，我一动不动，唯恐惊飞了它。

落日似一枚咸鸭蛋黄，沉到青龙湾的草坡上。

那一个黄昏，真是永世不忘。

我想念故乡的秋天、故乡的云、故乡的湖，以及故乡的那一株银杏树了。

不知现在，有没有孩子们团团围着它，痴痴地仰望？

有没有一只黄蝶飞下来，栖落在少年的头顶上？

3

我的目光，更多地落在孩子们身上。

二年级的孩子，排着整齐的队伍，做早操，拍皮球，跳绳。

我每天都得看管着他们。

队伍排得齐不齐，口令喊得响不响亮。

有没有摔跤。

谁拍球拍得认真。

谁跳绳跳得多。

诸如此类。

一枚银杏叶子落下来，落在米白色的风衣上。

三十年光阴，遽然而逝。

当年捡树叶的小女孩，转眼已是中年妇女。

然而一生中最好的时光，仍是现在啊。

深秋或初冬，于银杏叶黄时，煮一壶茶，一个人慢慢地饮，亦觉岁月沉稳贞静。

一个人，读书、写字、赏花、看戏、喝茶。一个人立在黄昏，看天光渐渐暗下来，璀璨的灯火，次第亮起。一个人伫立在窗前，看一株树。

那一株树，安静、缄默，亦只是一株银杏树。

白日忙碌，一旦闲下来，便想独处、静坐。与人交往，免不了交际应酬，多累呀，不如与花草、一株树相处。

一个人与一株树，相对伫立，凝视彼此。这是中年的游戏。

4

银杏黄时，想去三塔路转转。

三塔路不过是一条一两百米长的马路，本来无甚可观，因两旁栽了银杏树，便格外好看起来。小城许多马路也栽银杏树，可是不知为何，都不及三塔路好看。许是因了运河的缘故，潋滟的波光，令那一排银杏树，有了别样的风情。

人到中年，不再贪恋繁华，爱上了那一份孤寂。银杏叶簌簌落下来，铺了一地，如一张姜黄色的厚毡子。那姜黄色，恰是中年的颜色。

过尽千帆皆不是，斜晖脉脉水悠悠。

石佛寺亦有两株银杏树，隔河相望，恋恋怅怅。

一年前的光阴，从水波上轻轻掠过去。

秋日，如果不去三塔路，那就去石佛寺看银杏树吧。那两株银杏树，树龄逾千年，亦是有灵性的树。伫立在树下，一颗心会沉稳贞静，继而豁然开朗。

在一株千年古银杏树下参禅、静坐。

你会顿悟，滚滚红尘，娑婆世界，一切不过是水波上的波纹，是明镜里的光与影。

有什么想不明白的，烦恼糟心的事呢？

人生到后来，不过是与天地、光阴、自然对话，与自己对话。

我蹲下身子，捡起一枚银杏叶。

那一枚叶子，有虫子噬咬的斑点。那亦是光阴的密码、爱的痕迹。

　　秋天予人的感觉很温暖，天色将暗，灯火将明，气温骤凉，似乎可以待在暖和的屋子里不出门了。再煮上一锅香喷喷的红薯。

　　噫，不知日子有多美。

　　晚秋时节，天地一片萧索苍茫，田野里伏着一个个稻草垛，于萧索苍茫中生出暖意。

　　想起小时候的秋天，放了学，背个箩筐，去乡村公路上捡水杉叶。一箩筐水杉叶，可以炊熟一顿饭。水杉叶炊熟的饭，亦格外软糯香甜。

　　后来知晓，用松枝制茶，茶叶亦有松香。植物最神奇，枯干萎谢了，仍有一缕香魂在。

　　小时候并不知乡下日子美。隔了二三十年光阴回忆，那经历的人与事，镀上了一层金色，忽而温暖柔和馨香，此情可待成追忆起来。

　　秋天，大地上的房子，亮着橘红色的灯火。那一点灯火最温暖动人。

　　那天去宜家，下错了一个高速出口，迷途之际，只好导航，经过一个村落，马路上有块牌子，写着"葛家车村"。此地是城郊接合部，市集喧哗、热闹，手机店、杂货店、水果店、棉布店、沙县小吃，一家挨着一家，皆局促狭小。穿着花花绿绿衣服的女子，伫立在店门前。跳广场舞的大妈，在震耳欲聋的音响里扭动腰肢。围观者甚众。

穿过一条街，几乎花了九牛二虎之力，过了市集，遂沉寂起来。几处房舍，默然立在田野里。

女儿讶异，那些房子怎么黑灯瞎火？

城市出生的女儿，哪里晓得村子里的老太太，为了节省一点电费，晚上是不点灯的，或只点一个瓦数很低的灯。

犹如我的祖母，点一盏十五支光的灯。一灯如豆，亦照耀一间陋室，柔和而温暖。抑或并不是因了那盏灯，而是因了祖母在，故园的灯盏，才那么温暖罢。

女儿听了，托着腮沉思，良久说，妈妈，你很想念外曾祖母罢。外曾祖母长什么样子？

祖母长什么样子呢？祖母去世前，竟未留有一张照片，爸爸只好拿祖母的身份证，去照相馆印了一张。因此，祖母的遗照上有网纱，似乎是一个蒙着网纱的时髦老太太。这是祖母留给我的最后影像。

如今，这一张遗照亦不知下落了，教我如何向女儿描摹祖母的样子呢。

有点像外公，有点像妈妈。我想了想，告诉女儿。

那意思是说，也有点像我喽。

是的，孩子。你身上流淌着外曾祖母的血，虽然你和外曾祖母未曾见面，但你的脾气、性子、模样，与她极其相似。只要我们活着，外曾祖母便永远都在。

　　女儿说，我明白了，妈妈，人生代代无穷尽。说的就是这个道理呀。

　　是啊，在这个深秋之夜，于迷途之际，我们的车子行驶在一个无名的村子里。若是没有走错一个路口，也许一生一世都不会知晓，大地上还有这样一个小村子。

　　亦不会有我和女儿的这一番谈话。

　　也许这就是冥冥中注定的呢。

　　车子拐过一个路口，忽而驶向大路，眼前耸立着灯火通明的高楼大厦。导航显示前面便是宜家了。犹如穿越时空，我们从古老僻静的小村落，穿越到现代大都市。

女儿下了车，背着双肩包，说，妈妈我们先去吃大餐。

两个人拿了托盘，点了意面、牛排、杧果汁、猕猴桃汁、水果拼盘、黑森林蛋糕、草莓蛋糕……满满当当两个托盘。

真是一顿大餐啊。

只是宜家大餐吃起来味道一般，终究是速食。牛排咬起来硬邦邦的，蛋糕吃起来软绵绵的。

现在的孩子，嘴巴已经吃刁了。哪里像我们小时候，吃粗茶淡饭，亦觉甘美。

当我碎碎念和女儿说起小时候把毛豆荚、芋艿、红薯当零食吃时，女儿说，妈，那是你们一代了。我们这一代，以瘦为美，才不要吃那么多。

十五岁时的我，胖嘟嘟，圆滚滚。女儿却长得瘦瘦高高，一点也没有我的影子。

她们懂得隐忍、节制，也许是因为从没有饥饿过。而我的饥饿感一直在，但凡有好吃的，便管不住自己的嘴巴，一门心思想吃到肚子里。

有一次，去赴一个饭局，吃饭时，一个朋友忽然说，简，我看你的筷子，一直拿在手里，从来没有放下来过。

我环顾席上，大家笑嘻嘻，把筷子放在筷夹上，谈笑聊天。一时觉得尴尬极了。

是饥饿感在作祟。吃多一点，再多一点，唯恐别人来抢。这一种对食物的贪婪，已融入我的血液，令我只要看见好吃的，眼睛就发绿。

无论现在的食物多么充裕，日子多么富足，内心仍觉不安。

秋天爱吃烤红薯呢。香喷喷的烤红薯，实在是秋天最美味之物。爸爸晓得我爱吃红薯，特地挖了一麻袋，背到城里。

晚上闲来无事，烤箱里烤几个红薯。用筷子插到里面，看看红薯有没有熟透。

烤箱里烤出来的红薯，吃起来甜甜的、糯糯的，犹如栗子。

只要吃到好吃的，我便无限欢喜。

女儿夜自习回家，只吃一点酸奶和水果，说是控制体重。我数落她，这时候是长身体的时候，千万不要节食。女儿看了我一眼，妈，悄悄问下，你现在多少斤了。我爸知道你的体重么。

这个嘛，我有点心虚。可是转身，又美滋滋吃起手里剩下的半个烤红薯。

一边吃，一边嘀咕，胖就胖一点呗，那又有什么关系。

辑四

亘古的冬天

青玉案·元夕

辛弃疾

东风夜放花千树。更吹落、星如雨。宝马雕车香满路，凤箫声动，玉壶光转，一夜鱼龙舞。

蛾儿雪柳黄金缕。笑语盈盈暗香去。众里寻他千百度。蓦然回首，那人却在，灯火阑珊处。

东风吹开了火树银花，漫天的烟花绽放，犹如星雨。又至一年岁末，蓦然回首，已立在人生的初冬。

年纪愈大，愈是怀旧。

忆起小时候的冬天，廊檐下垂挂下长长的冰凌。小时候盼望过年，盼望着穿新衣，吃炒米茶、糖果、甘蔗、荸荠，那些甜滋滋的东西。

忆起祖母、春香奶奶、小姑夫……他们都是我挚爱的亲人。

秋去冬来，四季更迭。年年岁岁，岁岁年年。

日常是最美的信仰，一切都是时间的恩典。

〔宋〕张择端《清明上河图》（局部）（故宫博物院藏）

立冬

1

查天气预报，说是这两天气温骤冷，将跌至个位数。

早上穿了厚毛衣、棉袜出门。风吹到脸上，有了凛冽之意。到办公室，打开朋友圈，有人发了微信，今日立冬。

呀，立冬了呀。时间之河，往前奔流，一刻不停。

大课间带孩子们下楼，孩子们往小手上呵气，好冷。做操，跳绳，活动了一下，才渐渐暖和过来。

立冬，便格外贪恋起温暖的太阳。太阳照耀的地方，暖烘烘的。若是在背阴处，则寒意袭人。

不知为何，我总想起小时候在乡下，这时节，苍蝇仍会出没，这些黑色的幽灵，在稻草垛上嗡嗡乱飞。或栖于一盏十五支光灯泡，垂下的长长的灯绳上。

苍蝇也晓得，那一点灯火最温暖。

十六岁离家去外地念书，冬日于黄昏之际坐中巴车回家，看到大地上摇曳的灯火，一颗心便无端觉得温暖而踏实。

那一盏故园的灯，照耀着游子回家的路。

秋深渐入冬，黄花犹带露。深秋或立冬，乡间小路上的野菊花是极美的，小小的一束，百日菊、雏菊，青枝绿叶黄花，真是大自然的杰作。

野菊花的香气亦沁人，闻了令人心动神驰。

四时变幻，草木山河，最是动人，一季一季，把最美好的风景，送给你。

立冬到了，冬天也正式登场了。与秋天的温情脉脉不同，冬天委派西北风这位大神登场，这位西北风大神，呜呜呜，扮演一头咆哮的狮子，好像在说，教你晓得我的厉害。他愈吹愈来劲，人便裹紧了大衣、棉袍，裹得像一只粽子。

冬天走在路上的行人是很可爱的。蒙着眼睛、鼻子、嘴巴，一个个像蒙面大侠。

我喜欢冬天。因了冬天的清冷与凛冽，暖烘烘的空调房里，暖风吹拂得令人晕眩，这时候到清冷的室外走一遭，一颗心忽而沉静，神清气爽起来。

女友灵芝，每年到了冬天就弃车步行，穿着棉袍，围着围巾走路，像一只笨拙的小熊。

下雪的日子，她穿着雪地靴，深一脚浅一脚地走在雪地里。那样子亦是极可爱的。

到了冬天，我便蛰伏在房子里，懒得出门。小动物要冬眠，人也是。

童年的冬天，村里的大人都变成了懒汉，笼着袖子，坐在廊檐下、

草垛上晒太阳。暖烘烘的太阳，晒在身上真舒服啊。

古人把晒太阳叫沐暄。沐暄两个字，真美啊。沐浴太阳的光辉。身体里储藏了太阳的能量，便可以应对接下来隆冬的恶劣天气与环境。

小时候的冬天，廊檐下挂着长长的冰凌，似一柄柄剑，有金戈之气。人走在外面，呵气成霜。令人疑心那个早上去赶集的老爷爷，白胡子也是被霜花冻住的。

小朋友的耳朵冻得红红的，长了冻疮。呀，手指也冻成了红萝卜。冻疮烂了，淌出脓水。抹上辣椒水、冻疮膏，一屋子辛辣之气。

不知为何，如今想起小时候吃过的苦，并不觉得苦。因了小时候吃过的那些苦，更觉得现在的日子甜滋滋的。

立冬，学校食堂午餐加了一道甜汤：红豆银耳羹。红豆煮得酥烂，银耳入口即化。一碗甜汤喝下去，五脏六腑俱有暖意。

这暖意在茫茫人海中升起来。

2

立冬到了，过年便不再遥远。

小时候盼望过年，过节有新衣穿，有糖吃。

爸爸把裁缝请到家里，给一家老少做新衣裳。裁缝是一个瘸腿的男人，姓宋，衣服做得极好。

妈妈叮嘱裁缝给我和弟弟的衣裳做得大一些，可以穿久一些。我和弟弟的个子实在蹿得太快了，简直比院子里的小树长得还要快。

妈妈很欣慰，可是接着就发愁，个儿长太快了，要花钱给我们做新衣裳呀。

裁缝到我家的这一天，我们像过节一样欢喜。我和弟弟在铺着布料的桌子底下捉迷藏。大红色方格子花布，给我做外套；藏青色呢料，给爸爸做一件西装；弟弟是天蓝色绒布，做一套套装。妈妈是灰色呢料，做一件呢大衣。

奶奶把一捆米白色棉布拿出来，嘱咐裁缝做成大大小小、奇奇怪怪的衣裳。大的爸爸可以穿，小的我和弟弟可以穿。我们问奶奶，这棉布做的衣裳什么时候穿？奶奶瘪着嘴，到我死的那一天你们才能穿哦。

那为什么这么早就把衣裳做好了呢？

因为我也不晓得哪一天会死啊，到了那一天再做就来不及了。

我和弟弟一想，果然是这个道理。世上谁也算不准自己哪一天会死，就像谁也不知道自己哪一天会出生。

奶奶不过在给自己早做打算。当然，奶奶其实十分惧怕死。只是无可奈何，终究会有一死，躲是躲不过去的。况且乡下有个说法，早点给自己做老衣，可以长寿。奶奶是想让自己长寿一些，才让裁缝做老衣的吧。

新衣服做好了，妈妈让我和弟弟试穿。我的红格子外套做得太大了，袖子长出好长一截。爸爸说，要不再改改。妈妈却笑眯眯地说，正好正好，马上会短的。后来，袖子果然越来越短，简直像变魔法。

再后来，袖口上油光发亮，磨了个洞，于是不再穿。

这一件新衣，足足穿了两三年。哪里想到有朝一日，我的衣橱里会有穿不尽的新衣服,甚至专门做了一个衣帽间,来挂这些新衣服。

我的恋衣癖,大约是因了小时候欲望的缺失,如今想要变本加厉弥补,所以才一刻不停歇地买买买。

小时候过年去隔壁阿哥姆妈家串门,阿哥姆妈抓一把花生和糖果,往我的口袋里塞,虽然糖果只有两粒,可是多珍贵。

剥开塑料糖纸,塞进嘴里吮一吮,是荔枝味。从来没吃过荔枝啊,吃到这一颗甜津津的水果糖,才晓得荔枝是什么味儿。

孩子爸与我说起第一次吃香蕉的事。小姐姐的男朋友来家里,带了一串香蕉。黄澄澄的香蕉,摆在八仙桌上。小孩子的目光灼灼盯着香蕉。小姐夫拿起香蕉,一人掰一个。孩子爸接过香蕉,塞进嘴巴里就咬。众人皆嘻嘻笑。

小姐夫招招手,替孩子爸把香蕉剥了,并笑着对他说,香蕉要剥掉皮再吃啊。孩子爸不觉红了脸。可是,那一根软糯糯、甜滋滋的香蕉真好吃啊。长大以后,孩子爸不喜别的水果,只喜欢吃香蕉。

一个人童年吃到的东西,会一辈子念念不忘。

村子里的那个瘸腿裁缝,早已经不知所终了,再也没有人请他去家里做衣裳。可是我好怀念他。怀念剪子咔嚓咔嚓剪布匹的声音。怀念爷爷的咳嗽声。怀念爸爸讲的笑话。怀念小花猫跳上窗台,打翻了一碗炒米茶,妈妈的训斥声。怀念我和弟弟穿着长袖子的新衣,舞着水袖。

旧时光多么美。

1

水果店门口竖着一捆甘蔗，快要碰到天花板了，足足有一层房子那么高。

想起小时候在乡下，冬天有甘蔗、荸荠吃。

甘蔗和荸荠都是紫紫的。春花秋月，美则美矣。到了冬天，草木凋零，大地一片荒芜，那些挂在枝上赤橙黄绿、颜色好看的果子纷纷落了，只有甘蔗、荸荠这些模样丑一些的水果，为我们提供甜蜜的慰藉。

它们是心灵美的果实。

时光让它们的滋味比别的果子更甜。

但凡一样东西，经历过漫长的时光，终究会更甜蜜一些。

譬如经了霜的大白菜，藏在地窖里的红薯，还有覆了雪的红萝卜（有一个品种叫心里美）。

连时光也变得沁甜沁甜的。

　　小时候的冬天，放了学回家，推开门，看见门背后竖着一捆甘蔗，我便晓得是小姑夫来过了。小姑夫的甘蔗船，经过我们村子，他顺手在我家门背后放了一捆甘蔗。

　　小姑夫的解放鞋，已经在村子里走了一遭；小姑夫的吆喝声，也已经在村子里响过一回了。只是我和弟弟上学去了，爸爸妈妈也出门了。

　　那时候，我家的门，永远敞开着。村子里所有人家的大门，白天都敞开着。就是到了晚上，也不一定会关上。那时候，去隔壁邻居家顺手"牵个羊"，拿个锄头、箩筐、扁担、板凳，或者针线盒、顶针之类的，就像在自己家里一样。

　　春香奶奶的宝贝最多。单是一个针线盒，就摆满红丝线绿丝线蓝丝线，团成一个个线团，盒里还有金光闪闪的顶针。村子里妇人最爱去春香奶奶的房子里借东西。有时借了忘记了还，春香奶奶便在院子里扯着嗓子喊，我的顶针呢，哪个挨千刀的拿走了。

　　那个挨千刀的小媳妇，脸红红地拿了顶针来还春香奶奶。春香奶奶笑眯眯地拉着小媳妇的手，哟，这不是小桃么，俏生生的，长得真俊哪，比奶奶我年轻那会儿还俊。

　　奶奶说，春香奶奶年轻时是个大美人，嫁给了地主吕有财，可是后来挨批斗，春香奶奶被吊起来，挨了毒打，一条腿瘸了。瘸了一条腿的春香奶奶，照旧爱美。春天时，用凤仙花汁染红指甲，把菜籽油抹在头发上，盘一个发髻，插上一根银钗，银钗上绕一截红头绳。

　　暖融融的春光里，春香奶奶穿一件藏青色袍子，摇一柄团扇，

坐在院子里的一株梨树底下。

村子里的人忌讳在院子里种梨树。梨者,离也,这是很不吉祥的。村里的老辈人说,春香奶奶一生坎坷,命中多劫难,老了成了一个孤老婆子,说不得就是遭到了那株梨树的诅咒。

可是春香奶奶钟爱那一株梨树呢。春天梨树开了花,她搬着一把藤椅坐在梨树下,眯缝着眼睛,神情陶醉。谁也不晓得春香奶奶在想些什么。可是,谁也不忍心去打扰春香奶奶。

初夏,梨树结了果子,我们这些小贼偷偷潜入春香奶奶的院子,爬到梨树的枝丫上摘梨子。嘎吱一声,春香奶奶的房门打开了,那个爬上树的小贼,吓得想从树上跳下来。

春香奶奶拿着一根竹竿喊,小祖宗,快别动。

我们以为那竹竿要去打树上的人。

谁知，竹竿成了梯子，春香奶奶说，嚯，顺着竹竿溜下来吧。

以后呀，可千万别爬树，太危险了。要吃梨子，奶奶给你们打。

春香奶奶拿着竹竿打梨子。青碧色的梨子，一只只滚落下来。"小贼"们一个个欢欢喜喜地蹲着捡。那真是温柔而馨香的时光。

春香奶奶的屋子里空荡荡的，仅有一张木板床、一个雕花衣柜。衣柜上挂着一把铜锁，已经生了绿绣，孤独地挂在插销上。春香奶奶从不锁衣柜，柜子里，藏的不是旧衣服，就是包着旧衣服的一脸盆酒酿、针线盒，还有几个糖糕印子。春香奶奶十分宝贝那套糖糕印子，福禄寿喜，统共四色。

谁不盼望自己的一生花开福贵、福禄寿喜呢。

春香奶奶的糖糕印子十分走俏。每年腊月做糖糕，村子里的妇人都向春香奶奶借糖糕印子。春香奶奶可舍不得借给人家她的糖糕印子哩，一个劲叮嘱：

小心点，不要用力敲哦。

借了一定要还哦。

那妇人诺诺应着，做了几屉糖糕，来还糖糕印子时，拿四个糖糕送给春香奶奶。

春香奶奶笑眯眯的，夸那妇人的糖糕做得好。那点在糖糕上的一点红，颜色多正啊，红彤彤，喜滋滋。

春香奶奶这个孤老婆子，愈来愈老啦，瘪着嘴，掉了牙，脸颊深深地凹进去，脸上爬满了沟壑。简直像一颗老核桃、一个千年老妖。

村子里的婴儿见到她，开始放声大哭。春香奶奶有点落寞地说，看起来我这个老婆子，没多少日脚（方言，日子）好活了。

可是春香奶奶照旧活了许多年。

我最后一次见到春香奶奶，她大概有一百岁了。这个活了一个世纪的老太太，抖抖索索从口袋里摸索出几颗红枣，塞在我手心里。

小橘子哟，你最贴心，每年来看奶奶。奶奶没啥好东西给你吃，吃颗枣吧，甜甜嘴。

我的眼泪忍不住掉了下来。我拉着春香奶奶瘦骨嶙峋的手，她的手呀，如一截枯木，再难逢春。

春天很快就要来了，可是亲爱的春香奶奶，已经看不到人间的春天了。她在一百零一岁时，寿终正寝。村子里给她办了喜丧，一把火烧掉了她的旧衣衫、针线盒、藤椅，还有那个雕花衣柜。

有人说，柜子挺值钱的，要不就不要烧了吧。

不，春香奶奶喜欢那个柜子。我说，让它陪着奶奶一起去吧。

我捡了一块春香奶奶的糖糕印子，留作纪念，福禄寿喜，那四个字，印在糖糕上，仍清晰如昨日。

我想起遥远的春日，春香奶奶在廊檐底下，给村子里的女孩子穿耳洞。

我畏惧，怕疼，死活不肯穿。英子、小红她们，一个个穿上了耳洞，系着红红的棉绳圈，只剩我怯怯地看着春香奶奶。春香奶奶冲我招招手，小橘子，过来。

我走过去伏在春香奶奶怀里。春香奶奶揉捏着我的耳朵，一边捏，一边说，瞧瞧，我们小橘子的耳朵又大又阔，福气真好，将来要过富贵日子的。春香奶奶捏呀捏呀，趁捏得又软又薄之际，用一根绣花针穿过去了。就像被小蚂蚁叮咬了一口，一点也不疼呢。

　　我沉湎在旧时光里，古老的村落，瓦屋顶上，落了白霜，升起一轮黄月亮。远远地，有人的脚步声响起，继而响起一阵狗吠声。

　　啪的一声，谁的屋子，亮起灯盏。

　　呵，那是春香奶奶的灯盏，故园的灯盏。那温暖的灯盏、温柔的绣花针，以及亘古的光阴，永在我思乡的梦中。

2

　　每年冬天，小姑夫开着一艘挂机船，突突突，往天凝、田乐、荷花、西湖、桃墩几个村子，挨家挨户卖甘蔗、荸荠。有时也会来我们村子。

　　乡下的村子，名字格外古朴、动听。光听这些名字，你以为是风景优美的地方。其实，不过是一些灰蒙蒙的小村子。

村子里栽了桃树，有几个桃树墩子，就叫桃墩村。有一个湖，在村子西面，就叫西湖村。有一片池塘，栽了荷花，就叫荷花村。至于田乐村，应是有很多田吧。天凝，这个村子我就想不明白它名字的由来了。照理说，天不会凝在村子顶上呀。

我们村叫栖真，因为有一座寺庙，寺庙叫作栖真寺。寺庙前有一座山门，进了山门，有一座大雄宝殿，殿前两株银杏树，一雄一雌。奇怪的是，这两株银杏树不会结果子。村子里的人说，栽在寺庙里的果树都不会结果子，因听多了寺庙的诵经声，所以清心寡欲。

我起先并不相信，有一次去云岫庵，看见一株杨梅树，亦不结果，遂信以为真。

小姑夫到我们村子里卖甘蔗、荸荠，顶开心的是我和弟弟。小姑夫总是将一捆甘蔗、一篮子荸荠，偷偷放在我家门背后。我们推开门，看见那一捆甘蔗、一篮子荸荠，便晓得小姑夫来过了。

到了冬天，我们便想念起小姑夫来。妈妈说，你们哪里是想念小姑夫，是想念甘蔗和荸荠对吧。

就是说嘛，小姑夫有啥好想念的，黑脸膛，胡子拉碴的。我们想念他才怪。

小姑夫待我亲厚。妈妈生了小弟弟以后，把我寄放在小姑夫家。小姑夫家在嘉善杨庙，那亦是一个古朴的村子。门前有一条小河，河边栽着桃树柳树。春天，吴山白，越水绿，一枝桃花斜斜地伸出水面，亦是最抒情的一笔。

小姑夫家的房子，矮矮的两层楼，有一个狭长的楼梯，顺着楼梯往上爬，可以走到楼顶的天台上。每次我沿着楼梯悄悄爬上天台，都会被小姑夫抓回来。

小姑夫把我放在木桶里。那只木桶有一个人高，我怎么也出不来，只好在里面团团转。

小姑夫说，还爬不爬天台，再爬就天天把你关在木桶里。

我一边嘤嘤哭，一边发誓，再也不爬了，姑夫你把我放出去吧。

那时我不过是两三岁的小屁孩，但吐字已经很清晰，亦是个小人精，已经懂得赌咒发誓。

小姑夫悄悄对小姑姑说，小橘子将来一定有出息。

小姑姑怀孕了，亲戚送了核桃。小姑夫拿着一柄榔头，在廊檐下敲核桃，我像小花猫一样守着。小姑夫敲一颗，我吃一颗。

敲了半天，小姑姑走过来，你敲的核桃肉呢。

我点点小肚皮，全在宝宝肚子里呢。

小姑夫哈哈大笑。

一个两三岁的稚童，得到亲人的疼爱与呵护。当她成年，那疼爱与呵护仍藏在她心中，使她的一颗心始终柔软、多情，对世界充满温暖和善意。

小姑夫每年冬天格外忙碌，黑脸膛上神情愈发凛冽。爸爸偷偷说小姑夫是个 loser，其实他不是。他只是老实、木讷一些，并且时运不济。他做生意，不如爸爸头脑灵清，为人又有些古板。另外，他一喝酒就会误事。

每次小姑夫来我家，我妈都把酒瓶子藏起来。可是小姑夫一喝高了，就会到处找酒瓶子，找到桌子底下、灶台上、米缸里。他凭着灵敏的嗅觉，总是能找到酒瓶子。他自斟自饮，饮了一杯又一杯。

然后开始和爸爸吵架，摔东西。

小姑姑去拉小姑夫，小姑夫就搡小姑姑。

这个时候的小姑夫，好似换了一个人。我一点都看不出他就是那个好脾气，挨家挨户卖甘蔗、荸荠的小姑夫。还有那个坐在廊檐下，笑嘻嘻给我敲核桃吃的小姑夫。

他们根本不是同一个人。

小姑夫一定是被恶魔附体了。

妈妈说，哪是什么恶魔，是马尿。一个人马尿喝多了，本性毕露。哎，你小姑夫心里不痛快，于是撒气、撒泼。

小姑夫心里有什么不痛快的呢？

妈妈说，这个你小孩子家就别问了。

后来，我才晓得，小姑夫开一艘铁驳子船，夜里开到黄浦江，

撞了另一艘船，货物沉到江里，赔了一大笔钱。这些年的积蓄付之东流，孩子要上学，老人要吃饭，一家老小要过日子。小姑夫愁得头发都白了。

妈妈让爸爸借给小姑夫一笔钱，小姑夫死活不肯收。小姑夫说，这日子凑合着还能过下去，实在过不下去了，自然会来找姐夫帮忙。

妈妈说，小姑夫死要面子活受罪。

爸爸却说，小姑夫是个男子汉。日子这么艰难，仍努力撑着一个家。

后来表弟长大了。有一次小姑夫喝了酒，和表弟打了一架。表弟骂他没出息。小姑夫说，谁是儿子？谁是老子？

表弟说，有钱是老子，没钱是儿子。就为这一句话，表弟挨了小姑夫一记拳头。

小姑姑打电话诉苦，父子俩一个德行。俊儿已经好久没回乡下去看老头子了，老头子也不来城里。两个人死倔着。

我遇见表弟，对他说，咱们长大了，懂事了，日子也好过了，孝顺爸妈一点。抽空打个电话，回趟乡下啊。表弟诺诺道，知道了，姐。

表弟与我亲。他比我小几岁，从小屁颠屁颠跟在我身后。我带着众表弟、表妹玩耍。长大以后，我在学校教书，他们念初中、小学，暑假在我家，我督着他们学习。

他们待我，亦如待亲姐姐，凡事愿意听我的话。

小姑姑打来电话说，小橘子，上次你与俊儿说了以后，这个星期俊儿带孩子回乡下了。你小姑夫烧了一桌菜，很开心哪。你小姑夫戒掉了酒，在厂子里当保安，自己赚生活费。老了倒是日子过得安稳起来了。

　　冬天，不知为何，我忽然想起了小姑夫。想起了那一捆竖在门背后的紫皮甘蔗，还有一篮子紫皮荸荠。

　　我记得有一年，小姑夫路过我们村时，下了一场大雪，雪花飘在他的肩上、头上、黑色的旧棉袄上。他佝偻着身子，递给我一篮洗得干干净净的紫红色的荸荠，我的眼泪就掉下来了。

　　我那黑脸膛的小姑夫，实则是一个天底下最柔情的人。

1

在"本来生活"上买了泰国茉莉香米。煮出的米饭，飘散出一屋子的清香。

我以为，白米饭的香气，是世上最好闻的香气。从前在乡下，每年新米上市时，家里都像过节一样隆重。爸爸去轧米厂轧出一袋新米，奶奶在灶口烧火，新米用淘箩在小河里淘干净，倒进铁锅。往灶里塞一把稻草、树枝，哔哔剥剥地响。

新米的香气从铁锅里溢出来，真香啊。白米饭的香，令一颗心觉得妥帖踏实，犹如跌入母亲的怀抱，柔软而馨香。

乡下妇人没有奶水，就熬一碗白米粥汤，喂给小孩子喝。

白米粥汤，亦如母亲的乳汁一样甘甜。

小时候母亲说，吃白米饭长白肉。那时日子清苦，没有菜吃，只好吃白米饭。

白米饭里拌一勺猪油、酱油，便是好吃的猪油拌饭，我一顿吃得下两三碗。直到现在我仍爱吃猪油拌饭。冬天到了，想着去集市上买一块肥肉，熬一锅猪油。白花花、奶酪一样的猪油，搁在柜子里，放到隔年春天也不会坏掉。

春光融融，母亲去阿庆嫂的饭店，买一斤水面。再去院子里摘一把葱，面条下到锅子里，加上一勺猪油，撒上一把葱花，谓之阳春面。

这一碗热气腾腾的阳春面，亦是记忆中最美之物。

世上最简单、朴素的食物，予人的慰藉是最深的。这么多年贪恋的，不过仍是一碗新米饭、一碗阳春面。

米吃得愈来愈好，五常稻花香、珍珠米、贡米、泰国茉莉香米。香米的米粒，纤细修长，润白通透，闻之有淡淡清香。煮出的米饭软香甜糯，若再放几颗红枣同煮，香气则更浓郁。

冬天，吃一碗白水青菜、一碗白米饭，日子亦是甜津津的。

霜降以后，地里的青菜、萝卜吃起来皆甜甜的，好似撒了一把糖。

大地会变魔法，春播秋收，一粒种子，种在泥土里，便能发芽长叶开花结果，重又结出种子，开启新一个轮回。

这是生命的奥秘。长江滚滚，落木萧萧，人生代代，生生不息，循环往复，无穷无尽。

一个人存于世，亦如草芥、浮尘一样微小。

然而这草芥、浮尘一样微小的人类，亦有动人情怀、绮丽情思。

烟火俗世，一日三餐，朴素日常，亦觉人世有大美，生活好滋味。

在"本来生活"上下单，买山药、虾仁、褚橙、西芹、五花肉、矿泉水。快递小哥一件件送到家里。

　　五花肉煮熟，撇去浮沫，放在砂锅里，加肉桂、红枣、酱油、冰糖，炖上半天。一屋子浓郁的香气。

　　朋友来我家，吃到我煮的五花肉，赞不绝口，说这五花肉煮得酥烂，入口即化，遂向我讨教煮五花肉的秘诀。其实没有秘诀，唯一的秘诀是时间。

　　世上所有的事情，都依赖、仰仗于时间。时间可以造化一切，一只陶钵，亦可以在漫长的时间里，成为一件旷世宝贝。

　　犹如那一锅白米饭，若电饭煲上按下快煮键，半小时煮出的米饭就没有一小时精煮来的香。

　　一切不过只是时间的恩典。

2

　　日常是最美的宗教。

　　有的人活着活着，就疲态毕露，老了颓了。有的人，却活成了妖精，五六十岁了，依旧芳华绝代。

　　学校有一位杜老师，穿棉麻袍子，每次都去上海一家布衣店，拉着老公一起。老公负责开车、买单，她只负责貌美如花。

　　呀，巧笑倩兮，美目盼兮。半生过去了，照旧是俏佳人。

　　我喜欢这样的女子，一辈子爱美，老了仍是一个少女。

　　光阴绵长，她们在光阴里，活成了妖精。她们妖娆，妩媚，倾国倾城。她们自尊、自爱，是自己的红粉知己、绝世佳人。

　　只因永远热爱这日常生活，烟火俗世。

于是每一个日子，都是良辰。

每一天，都是生命中最年轻的一天。

秋去冬来，四季更迭。楼底下的八株银杏树，风一吹，纷纷扬扬飘落下来，好似在逐一个梦。

我喜欢初冬时节，天气骤然冷下来，早晚出门，须穿上厚厚的毛衣。

走在金色的银杏树下，只觉走在一帧风景里。

下雨天，空气里弥漫着好闻的青草味儿。我贪婪地嗅着。仰着脖子，一滴雨，点在眉心上，沁凉沁凉的。

冬天的雨，冰碴子似的，落在白茫茫的人世。可是穿了厚厚的棉袍，戴着围巾、帽子，一点也不觉得冷呢，反而心中生出了暖意。

这暖意在茫茫人海中升起来。

昔日的同事吴老师寄来一盒芝麻核桃糕，切成薄薄的片，说是冬天吃了滋补。

每年冬天，吴老师都会自己制作芝麻核桃糕。乡下老太太种的芝麻，脱粒、晒干。新疆的生核桃，剥出核桃肉，掰碎，揉在芝麻里。加白糖，在锅里煮，捞起来，在案板上塑成长条形，待冷却略有余温时，切成薄片。核桃芝麻糕做好，锅子粘了糖渍，要浸上几天，用砂布用力擦，才能洗干净。

这么千辛万苦做出来的芝麻核桃糕，吴老师总记得给我一盒，放在密封罐子里。说是每天拈两片吃，可以益血补气。我把芝麻核桃糕放在办公室的抽屉里，下课回来累了乏了，吃上一片，顿觉元气满满。

吴老师五十岁了，仍旧皮肤白皙，容颜秀丽，是一个如花女子。我曾是她的学生，后来与她成了同事。后来，我调到城里上班，她关心、照拂、惦记我，仍如旧时。

这一份师恩与情谊，亦令我感念。

我实则是薄情之人，总是别人予我的恩情更多一些。我总是忘记旧时恩情、故人之谊。当年在乡下教课时，与小娟、小燕子、小朱、青青几个女孩子极要好，来了城市以后，渐渐疏于联系。

有一天在马路上遇见小燕子。小燕子说，小橘子，好久没见到你啦。你还和从前一个样。

呵，怎么会。老啦，白头发都长出来啦。

两个人手拉手，伫立在马路上叙旧。

我询问小娟、小朱、青青的近况，小燕子一一回答。

我对小燕子说，有空来家里做客呀。

心里却明白，这一份情意，终究已经疏远冷淡。我和小燕子、小娟、小朱、青青，再也回不到从前的时光里去了。

3

时间格外垂怜、厚爱一些人。

譬如说鲁。鲁是我读师范时的老师，亦是相交二十载的姐姐。

念书时，鲁学校发了一箱苹果，分半箱给我，送到寝室里。

毕业以后，我在乡下教课，有一次生病住院，鲁特地从平湖赶到乡下看望我。家里人看到老师来看望学生，心中颇觉不安，忙着杀鸡宰鸭。

鲁劝阻道,家常菜就可以。简就像我的妹妹,客气就见外了。

这么多年,鲁时常来我家里。有一段时间没有来,爸妈就会询问,鲁老师最近怎么样?有些日子没见到她了,怪想念她的。

他们亦觉得鲁是一个亲人。

爸有一次住院,鲁过来探视,塞给爸一个红包。爸坚辞不要。鲁说,一点点心意,买点营养品,一定要收下的。

爸说,世上对你好的人倒真是不少,连带着我们也受到恩惠。

鲁比我大十几岁。当初我念师范时,鲁不过三十来岁,带着平儿,住在教工宿舍楼里。周末,我去鲁家里蹭饭。鲁煲一锅芋艿排骨汤。煤气灶上坐着一只绘了牡丹花的砂锅,噗嗤噗嗤冒着热气,鲁伫立在木格子窗口,白皮肤,黑头发,亦是容颜秀丽的女子。

我和平儿在木餐桌上读古文。平儿读《三字经》,我读《诗经》。

关关雎鸠,在河之洲。窈窕淑女,君子好逑。平儿说,简儿姐姐,你念了白字。这个读 hào,去声。

我便表扬道,平儿小小年纪,学问这么好呀。

平儿嘻嘻笑。

那时每到周末,平儿就急着拿扫帚满屋子打扫,说是简儿姐姐要来,要把屋子打扫得干干净净才可以。

如今,平儿已经硕士毕业,在一家外资公司上班了。

鲁与我说起平儿,脸上满是慈爱柔和。鲁亦是世上一个舐犊的慈母。

二十多年时光遽然而逝。我从一个青葱少女,转瞬变作中年妇人,脸上长出皱纹和斑点。五十多岁的鲁，容颜依旧秀丽。白皮肤，大眼睛，眼角眉梢，乍看竟没有皱纹。

问鲁，用什么面霜？何种美容养颜术？

鲁笑着说，顶普通的绵羊油，超市里有卖的，几十块一瓶，下次给你带一瓶。下一次，她果然带了绵羊油，不过是澳洲进口的。她自己只用普通的。

冬日，每日执粉笔在黑板上写字，皮肤干燥，手指开裂，于是旋开绵羊油，抹一点在手上，涂匀。干裂的皮肤得到了滋润，忽而聚拢。

香香的绵羊油，香香的冬天。

新房子装修好，鲁打来电话，周末来给你整理东西、打扫卫生呀。

不用哦，已经请了家政阿姨。

鲁自己有事从不麻烦我们。我们但凡有一点小事，她都牢牢记在心上。

忽然想起很多年以前，有一次鲁生日，我送了她一支曼秀雷敦的唇膏，淡粉色。她犹如收到了世上最珍贵的礼物，特地请我去一家自助餐厅吃了一顿。

鲁说，那时，我还是一个穷学生，可是省吃俭用攒出一笔钱，给她买生日礼物。

这么一件小事，鲁一直惦记着念念不忘。鲁对我的深情厚谊，我却有很多都忘记了。

亲爱的鲁，你永是我初相遇时，中文系那一位温柔婉约、美丽可人的女教师。

4

一枚青碧的叶子转作枯黄，萎谢凋零，从枝头上飘落下来。

一个青葱的女孩子，转瞬变成白发苍苍的老妇。

花谢花开，春去冬来。从阳春三月，到大雪白头。

不过只是一霎时。

那天和一个女邻居伫立在院子里聊天。女邻居说，这些年折腾来折腾去买了五套房。手头没有余钱，日子过得紧巴巴。接下来要想明白一些，过点好日子。

挣那么多钱干啥，花掉的才是自己的。

准备卖掉一套房子，买一辆跑车，拉风地开到大街上。

穿貂皮大衣，化烟熏妆。呈现出不羁的样子。

我已经四十岁了，好日子已经不多了。要想明白想通透了。

两个女儿，将来一人一套一百平的房子当嫁妆，足够。

女邻居说，自己家那位脾气挺好，只是家里大事小事从来不拿主意，都是她独当一面，店也是她一个人开。他在公司上班，挣七八万年薪。每次买房，他都阻挠，说要贷款，还那么多钱，怎么行？再说买那么多房子干什么，又不是没地方住。

指望不上他，于是只好咬咬牙，自己贷款，自己还债。每个月信用卡倒来倒去透支，有时忘记还钱，被拉入黑名单。

现在房子涨价了，他倒怂恿我卖掉几套。

以前我总嫌弃他，现在想明白了。其实他那么一点薪水，拿出来日常开销，自己从不乱花一个钱。况且也没有不良嗜好，已经算是好男人。

他让我卖掉房子，也是为了减轻还款压力，让我过点舒心日子。

我想他说得对。卖掉房子，咱可着劲儿花钱，弥补过去受的苦。

新房子装修，他每天来督工，和装修师傅说，楼梯坡度要改缓一点，我太太关节不太好。

女邻居说着，忽然嫣然一笑，其实他脾气真的挺好的，从来不和我吵架。无论我怎样数落、嘀咕，他也不还嘴。只是有一次，我说得太过分了。他实在忍不住，说是对不住，是他拖了我后腿，让我受累了。

有一回，我给他买一件五百块的衣服，他嘀咕好久，说下次不要买这么好的衣服。

可是转身，他给我挑了一件一千块的连衣裙，说是买了吧，你穿上好看。

呃，这个女邻居倒是可爱，从控诉大会到秀恩爱。

教我怎么说好呢。世上的许多怨侣，其实是佳偶。

譬如我的这个女邻居，口口声声说自己的丈夫如何如何没本事、不会赚钱。可是你要是让她离开他试试看，恐怕一天也不行。

她与他并非什么灵魂伴侣，只是世上最寻常的一对夫妻，可是在十几年的婚姻生活里早已习惯了彼此的存在，容忍、接纳对方身上的缺点和不足，亦看见对方的真情和付出。

柴米夫妻，朝朝暮暮。妇唱夫随，相濡以沫。

虞美人

蒋捷

少年听雨歌楼上，红烛昏罗帐。壮年听雨客舟中，江阔云低、断雁叫西风。

而今听雨僧庐下，鬓已星星也。悲欢离合总无情，一任阶前、点滴到天明。

年少时以为时光无穷无尽，青春尽可以任我们挥霍。怎么一晃，我的青春小鸟就飞走了？

光阴忒无情，那个在银杏树下玩耍的小女孩，有一天早上醒来，鬓角已星星，再也回不到亘古的时光里去了。

一晃立在了人生之冬。

炖一锅排骨汤，剪两枝山茶花，腌一碟萝卜，围炉夜话，吃火锅……皆是冬天的乐事。

人生有味是清欢，清欢是疏淡而有远意。

岁月的风霜历历在。

一颗心圆融了，欢喜了，爱山川日月、星河宇宙、人间草木，爱平淡、琐碎、热气腾腾的生活，亦爱这大雪纷飞时，人生霜雪意。

〔宋〕赵令穰《秋塘图》（大和文华馆藏）

1

下了班去银杏园捡落叶。

这几日风大，银杏叶已落了大半，好似秃了。只剩下朝北的两株，因光照不足，还有一身华服。

满地黄叶堆积，金灿灿，有斑斓之色，一个人蹲在地上捡落叶，这一刻的心情亦是斑斓的。时光仿佛退回到很久以前。

少女时的我，在一枚银杏叶上写李白的诗：长相思兮长相忆，短相思兮无穷极。

那时以为，这是世上最动人的告白。

从前的我，怎样一步步成为今天的我？过去的那个小女孩，怎样一点一点从我身上溜走、逃脱，从而让今天的这一具肉身，替换了那个小女孩的躯体？这一切是如何发生的，真教人感到惊诧讶异。

立在人生的初冬，一颗心恍恍然，不是没有惊惧的。岁月忽已晚，怎么一刹那，就已经到了中年听雨客舟中的光景。

冬天的雨，冰碴子似的，落下来只觉遍地生凉。裹紧风衣，走在马路上，冷风灌进脖子里，起了瑟缩之意。真冷啊，冷到骨髓里，手脚冰凉，瑟瑟发抖。

走过一个烤番薯摊，鼻子被一缕甜滋滋的香气牵着，真香啊，只觉那香气是救星。一个热气腾腾的烤番薯，是冬天的慰藉。

冬日，那一个路边的小摊，那一点火光与暖意，亦足以温暖一个夜行人。

买了一个烤番薯，暖手宝一样捂在手里。卖烤番薯的阿姨，看见我手中攥了一把银杏叶，递给我一个塑料袋子，喏，装在里面。

这个阿姨，亦是贴心的人。

我把银杏叶装在袋子里，放入布包包。

北风呼呼，这一刻，吃着烤番薯，独自走在马路上的我，看着万千灯火亮起，一颗心是快乐的。

那些细小的欢愉，聚拢成一个巨大的日常的宇宙。一枚银杏叶、一朵落花、一缕香气、一盏灯火，照耀我们前行的路途，即使前路永夜，这一刻，心中亦无所畏惧。

因为知晓那一枚凋落的叶子，已经储备了足够的能量，来年会在枝上重绽绿芽。

因为明白那灯火即使微弱，亦能照耀路途，便能坦然从容，步履不停地走下去。

2

小时候，故乡的寺庙里有两株银杏树，寿四百五十余载。两株古树，犹如活化石，教人好奇，亦生出探询之心。

人生不过百年，一株树，何以可以活到千年的光阴？

在那么长久的光阴里，那一株树，又曾见证过什么？

然而更多的是因为它的美丽。每年秋天，银杏叶黄了，似无数小黄蝶，从枝上飞落下来，翩翩停在大雄宝殿的香炉上、蒲团上、千手观音的金手指上。

晚秋时节，银杏叶簌簌落下来，地上犹如铺了厚厚的毡子。去寺庙烧香的妇人，黑布鞋踩在银杏叶毡子上，响起沙沙沙的脚步声。

妇人跪在蒲团上，双手合十，口中念念有词，无非是让菩萨保佑家人四季安康、无病无灾。

那一个个妇人，磕头的背影亦是虔诚的。一枚银杏叶，沾在她的黑布鞋上，是一个俏皮的小跟班呢。那一个初冬的黄昏，于红彤彤的香火中，妇人的脸，满是柔和慈爱。

那一个个妇人，是我的母亲、婶婶、姨娘、阿哥姆妈，总之，她们是我的挚爱亲人。她们一日日地衰老、颓败，白发苍苍，一生辛勤劳苦，可是没有一句怨言，因她们心中有无私的爱。而我们这一代，自诩为时代新女性，可是在胸怀和气度上，尚不及母亲这一代的妇人。她们懂得包容、忍耐、体贴、关怀，倾尽所有去爱人，几乎无暇爱己。

我们这一代人，吃了一点苦就嗷嗷叫，唯恐别人不知。受到一

点不公正待遇，就百般埋怨、万般沮丧，以为受到了天大的委屈。

我们渴望那个待我们好的人，可以待我们再好一点。

我们渴望自己拥有的幸福，可以再多一点。

身在蜜罐里仍不自知。

中年开始警醒，告诫自己勿贪婪、勿生妄念。一切不过是明镜里的光与影。

青春虽好，只有一季。千年银杏树，亦会有一日在宇宙中毁坏、消逝。有什么东西是可以恒久不变，永存直到世界尽头的呢？

光阴荏苒，跪在蒲团上的年轻妇人，转眼变作了苍苍老妇。银杏树下嬉戏玩耍的女孩子，亦变作了当年的妇人。而银杏树底下，又有一拨嘻嘻笑、乐陶陶的女孩子。

一个轮回，接着另一个轮回。

银杏树知晓她们已不是她们么？银杏树洞悉光阴的秘密么？为何它们只是缄默不语？

也许那两株银杏树，洞悉所有的秘密，却保持缄默，绝口不提，只是静静伫立在那里，把葱郁葱茏的春天，以及斑斓的秋色，一年一年，送给一座小镇，以及小镇上的人们。

3

回到家，把塑料袋子里的银杏叶倒在茶几上，摆出各种造型，裙子、蛋糕、扇子，犹如一帧帧作品。

噫，每一帧作品都美妙绝伦呢。

取名"银杏物语"，发到朋友圈。朋友留言：毛衣与银杏叶同色呀。

回复：唯一一件银杏色毛衣。只穿黑白灰的我，秋天为了应个景儿，特地买了一件银杏色的毛衣。新毛衣穿在身上，格外温暖，不似压箱底的旧衣，拿出来硬邦邦，有樟脑味。

一个久未联系的朋友，发来一幅图：一个女孩子跳芭蕾。几枚银杏叶，当了芭蕾裙。呵呵，真美。

朋友说，看了你的银杏叶，忽然起的灵感。只是路边捡的叶子，黑乎乎一点。

黑乎乎也很好看呀。因为那芭蕾女是水墨画成，若是金光灿灿，反而过于炫目了。

太炫目的东西，总是不喜。

还是灰扑扑，安静缄默，泯然于芸芸众生比较好。这是做人的哲学。

银杏叶偏不，做一条裙子，也要最炫冬日风。层层叠叠，荷叶边儿。噫，只有十八岁的女孩子，才有胆子穿上它，踮起脚尖跳芭蕾舞。

青春只这一季，不跳舞做什么。

等到年纪大起来，腰肢粗一圈，想跳亦跳不成了。

四五岁时，我跟着祖母去寺庙烧香。进了山门，看见满地落着小扇子般的银杏叶。我捡了好些，层层叠起来，做成一柄"羽毛扇"，折拢，翻开，翻开，折拢。

我始知世上有这样美丽的叶子。金光灿灿，炫目之极。

这是一年中最荒芜凛冽的时节了。银杏树立在冷风中，一曲霓裳羽衣舞跳罢，秋天拉下了帷幕，冬天来了。

办公室楼底下有一株红叶树，披了一袭红袍子，美得令人惊艳。

下班经过，忍不住摘了一片叶子，坐上快车，问师傅，这是枫叶么。师傅说，这是鸡爪槭。

仔细瞧那叶片，果然像鸡爪一般。只是这名字不太好听，我还是喜欢叫它红叶树。

一片红叶，夹在书页里，寄给远方的人。连同动人、绮丽的情思，也一并寄给了远方的那个人。

世上美好之物，大多不过是无用之物。

我喜欢无用之物。一块石头、一枚叶子，一点用处也没有，可是照旧欢欢喜喜捡回家。

古朴的白瓶子里，插上一株院子里剪的红果——也不知那是什么果子，红艳艳，喜滋滋——一间屋子顷刻显得喜气洋洋，屋子里的人亦生出了欢喜心。

日常的恩泽，生活的美意。就在这细小、无用的事物上。

那些细小的欢愉，聚拢起一个庞大的宇宙。

友人写了一幅字赠我。节选了一段我的《银杏与乌桕》。友人的字有清简雅致之美。奇怪哉，那一段平淡无奇的文，用毛笔写下来，亦有了惊人的美。

"一千年的相思，一千年的绮梦。"

呵，这真的是我写的文字么？我无比惊讶。

隔日，友人扫描了那一幅字发我，说是扫描了以后更好看，更清简一些。

友人的这一份郑重，令我感念。

出差的火车上，看白先勇的《八千里路云和月》，从书中掉出一幅字，"八千里路"是红底白字的印刷体，"云和月"三个字为奔放的行书，右下角钤有书法家的私章。白纸，墨字，红印，皆有无限美意。于是漫漫长途，不觉枯燥难挨，只是安安静静地读一本书。车窗亦如画框，一路不停切换变幻风景图。

读书有什么用呢？想来亦是无用。

文字不能喂养你的胃，不能给你带来财富。却可以喂养你的心。如有一段时间不读书，便觉内心荒芜，一颗心仿佛钝了、锈了。

有书可读，才有良辰美景、素年锦时可度。

前几日，读丽敏姐姐的书《山中岁时》，觉得只有内心无比安静美好的女子，才能写出如此安静美好的书。读了姐姐的书，真是自愧弗如。

学文先修心。

这一颗心啊，要好好修炼才是。让她徜徉于自然的怀抱中，沾草木之气息，饮朝露撷夕光。如此，有朝一日，才有可能写出和姐姐一样安静美好的文字。

去北京见到梦霁，一个可爱的小仙女。

"优秀的人像火焰，和他们在一起久了，就再也不想回到平庸和黑暗。"有一天，在朋友圈看到梦霁发的这句话，我写在了一篇文章里。

后来，梦霁找我要书稿，我便给了她。

梦霁很用心、认真地做书。从策划到出版，都下了很大的功夫。

觉得自己很幸运，遇见了很多优秀的人。在他们身上，窥见了光明、信念、勇气和力量。

大到一座城市的规划、建设者，一个艺术中心的策划人。

小到一个独立书店女主人，一个快车师傅，一个快递小哥。

每一个人身上，都有独特与闪光之处。

那天，在三里屯一家西餐店，我们聊天，吃芝士蛋糕，喝西柚汁。我喜欢这样的光阴，有一种恬淡的欢喜。

"人世多欢喜，不舍少女心。"梦霁说，简儿姐姐，我在新书封面写了这一句，很搭你是不是？

梦霁知我懂我呢。但凡一个女子心中有爱，那么到了一百岁仍是年轻的，仍是一个少女。

爱草木山河，爱天地光阴。爱你，爱我。爱每一个朴素动人的日常。那么，一颗心始终是柔情的，喜悦的。

昨日丽敏姐姐转载了我的书评，链接了我的公众号，发现公众号的简介写着：掬一缕风的柔情，恍若昨日的一个梦境。

那是初开公众号之时，随意写下的一句话。那时候天是蓝的云是白的，远方仿佛无穷无尽，一颗心充满了柔情与欢喜。

冬天的黄昏，去圆明园，那是一个无比空旷的园子。烟水茫茫，芦花雪白。湖畔的杨柳，叶子还有淡淡的绿意。那绿意丝丝缕缕、若有似无地流淌着，春水一样漫漶。

坐在湖边的一块石头上，看那亘古的落日，宛如月亮，升起在水中央。那一刻，周遭一切喧哗声响皆听不见，亦看不见人世繁华。一颗心只是和、敬、清、寂。

冬天的圆明园，有一种说不出的寂寥。然而我爱那一片寂寥。我爱那一片白茫茫的芦花，一缕柔情的风，一面湖的铜镜，镜中映照的日月、山川，以及那一个悠长又寂寥的黄昏。

一个人去逛胡同。那古朴的木门上写着：里九外七。门口蹲着两只石狮子，跑过去摩挲它们的小脑袋。把掌心里的暖意，传递到小狮子的眼睛里。

黄昏的巷子空无一人，只有黯淡的影子拖得老长老长。

夜里，走过后海酒吧一条街。门口的珠帘上，绘着京剧脸谱。木地板上投影下几团荷叶、两三朵粉红色荷花。

不远处，即是恭王府。

一个穿大红色棉袄、七八岁的小女孩，笑嘻嘻地从车上下来，有一个年轻美丽的妇人拉着她的手，一同走进幽深的巷子。

接我的快车司机大哥到了，司机大哥问，车里温度是否合适？嗯，很暖和。我搓着冰凉的手，坐在暖烘烘的车子里，看着车窗外次第亮起的灯火，一颗心兀自喜悦着。

今天双十二。十二月转眼也快过去一半。

岁末，心里会陡然焦虑起来，有虚度光阴之感。虽然时光本来就是用来虚度的。

年年复岁岁，岁岁复年年。回首来时路，竟已至人生初雪时。

那天与友人谈起某个朋友。当初他小说写得不错，这些年不再写作，日子过得很滋润。我心底是叹息的，当初与那个朋友私交甚好，如今已很多年不见。有一天遇见，问他为什么不写作了。他说，不写就是不写了嘛，有什么理由。

我说，写吧。你可以写出很好的东西。

他叹息了一声，年纪大了，写不出来了。

朋友只比我略大两岁。虽不年轻，却也并不到年纪很大的地步。很多老作家，比如王蒙、徐怀中老先生，八九十岁了，仍有十分旺盛的创作力。

写作是一辈子的事情。

话是这么说，其实十分惭愧，自己写的东西那么烂，鸡毛蒜皮，日常流水。可是对于写作这件事，倒是颇有一颗虔诚之心。

有读者留言递纸条，亦很认真地一一回复。

因写作认识的一些朋友，亦成为生命中的挚友。

写作令一颗心柔软、敏感，对于草木、山河、节气、四时变幻，有了不一样的感受。

譬如一枚叶子，有锯齿状的边缘，上面还有小虫子噬咬的洞。我却觉得那枚叶子很美，那个小虫子噬咬的洞，亦是爱的印记。

始终有一种小女孩的欢喜。

也许别人看来很矫情。

可是那又有什么关系。

这几日天气回暖，有几天气温竟升至二十几度，简直像小阳春呢。暖阳照拂，一颗心亦是暖融融的。楼底下的银杏园里，最后一拨银杏叶落下来，洒了一地金色。几株鸡爪槭绯红似云霞。

每天上班下班，痴痴地望着那几株树。只觉亦是一生中最好的时光。

继而生出欢喜之心。

也许是写了两年《欢喜记》的缘故。《欢喜记》，是小城日报副刊开的一个专栏，编辑已换了几任，我还在孜孜不倦地写。当初取这个名字，只是偶然。然而写下来，竟生出许多欢喜心。

渐渐写成了一本书，名字就叫《欢喜记》，黄山书社的编辑月阳问我要书稿，给了她《欢喜记》，很快寄来合约。这一本集子，亦是我所期待的，因书中记录了那么多欢喜的时刻。

买了两个香袋，一个绣了观照，另一个绣了欢喜。还有一把热水壶，上面印了一对红双喜。

　　Double happiness. 双倍欢喜。那一天，子梵梅姐姐与拉先生来家里，拉先生是丹麦人，看着热水瓶上印的红双喜，如此翻译。众人皆觉拉先生的翻译好。

　　一些趣味相投的人重逢、相遇，可不就是双倍欢喜么。

　　人生当然有烦恼忧愁黯淡时刻，然而像蒸馏水一样过滤掉了。

　　我愿无论何时，可以永葆一颗欢喜心。

　　一大早到学校，去食堂吃早饭。一碗热气腾腾的白粥，一碟萝卜干，一份花生米，一个紫薯馒头。白粥煮得浓稠，花生米炒得香极了。这样平淡琐碎的日常，亦足可令人欢喜。

其实蛋糕并不甜，甜是因为你在吃蛋糕的时候心是甜的。

日子也是如此，其实日子未必有多欢喜，欢喜是因为你在过日子的那一刻，心是欢喜的。

草从海边带来一块石头，色泽如白玉。

草与我描述那一片海，美丽无比，沙滩上遍地是这样雪白的石头。

我想到雪小禅的新书《少年雪白》。迷恋白，白米饭的白，白衬衣的白，白狐的白，白马王子的白，白骨精的白。

齐白石的名字取得好，白石两个字，亦有无限美意。

书桌上摆着那一块白石、一本《古事记》，闲时翻两页。日本文学有一种静气，读之，心也会沉静下来。

心浮气躁之时，翻几页书，便可把浮躁之气消除掉。

有书可读的日子，每一天都是良辰。

尤其喜欢在旅途的火车上读书。火车轰隆隆一路往前，手中的书翻到最末一页，恍然发现已到万水千山之外，仿佛那一本书带着你去旅行。

迷恋旧光阴，于灯下读书的日子。

一本旧书，反复翻读，似能读出新意。那从前不甚理解的地方，如今终于能够理解了。那人世的困顿迷茫彷徨，如今亦能拨开云雾，窥见前路。其实并非迷雾，只是蒙在眼睛上、心灵上的迷障。一叶障目，把自己囿于狭小之境。如今迷障已除，所见之处便是光亮——世界亦阔朗起来。

人生的每一个阶段，皆可以坦然接受。一生不就是这样水滴石穿，一步步地迈入大雪时节、老迈之境。倘若某天早上醒来，发现那个镜中人白发苍苍，满脸褶子，也不必太过惊惧。

一切是慢慢发生的。时间的深渊，临渊而立，风声猎猎。

大雪日，与友人谈到孤独。

孤独是一种美，生命因为孤独而丰富。

木心有一句诗：我是一个黑暗中大雪纷飞的人哪。

一个穿着呢大衣、戴着呢帽、风姿洒然的男子，独自走在旷野上、茫茫大雪中。这是木心先生予我的印象。

去木心美术馆，看木心访谈的录像。录像中的老人，面容清癯，膝盖上搁着毛毯、热水袋，声音儒雅、温和。一生经历过那么多坎坷与磨难，然而一颗心始终柔情、天真、热忱。

木心先生真是一个了不起的人。

现代人忙得连孤独的时间也没有。

无事瞎忙呢。

大者，盛也。大雪，至此而雪盛也。冬天，去北京看了一场雪——其实是园子里的积雪。于开会间隙，去园子里拍了几帧雪景图，捡了一枚雪地上的落叶，亦足可令人生出欢喜心。只因这是北京的雪呵。

在北京待了一个星期，回到南方，竟一时有些不习惯起来。因了北京室内无处不在的暖气啊，北京的冬天，一点也不寒冷。

寒冷的反倒是南方的冬天。不过在冬夜，拧亮一盏灯，于橘黄的灯光底下，读书写字，仍是一件温馨愉悦之事。

就这样对牢窗帘上的一枝墨莲，怀想抒情，痴心惘然。那一枝墨莲渐渐在黑夜里绽放，化作绕指柔。

时令已经是大雪了呀。一天天，一月月，一年年，日子跑得飞快，简直像有人拿着鞭子在后面追赶似的。小时候盼着过年。过年可以穿新衣，吃好吃的。如今每天都是过年，想吃什么吃什么，天天穿新衣裳，然而再也没有小时候那种欢喜劲儿了。欲望一旦满足，便不再成为欲望。现在简直有些清心寡欲。是中年的心境了。

想起若干年前去访一个女友，女友幽幽地说，有一天醒来，发现再也回不到过去的日子里，那便是中年来了。

女友比我大十岁。女友说那一句话时，我还不能明白，今时今日想起女友的话，简直要掉下眼泪。——而我再也回不到旧光阴里了。

文艺新实力
NEW FORCES OF LITERATURE

已出书目：

《茶洲记》

《如在》

《小小悲欢》

《县联社》

《在这疾驰的人间》

《行囊里的旧乡》

《地气氤氲》

《古玉生烟》

《磐安之往———两宋时期的士人与世相》

《槐乡偶书》

《向美而生》

《我们的村庄》

《宋词里的日常之美》